パリの小さな日本人

Une petite japonaise à Paris

藤崎香織

Kaori Fujisaki

ゆいぽおと

パリの小さな日本人

Une petite japonaise á Paris

藤崎香織

はじめに　赤い糸をつかんでモードの世界パリへ

ある企業の社長にスカウトされて、銀行員という堅実な職を捨て全く畑違いのファッション業界に飛び込んだのは、わたしが21歳のときでした。

親が望む人生のレールに沿って、まさにお墨付きの銀行で、結婚相手を見つけて、子どもを産んで幸せな生活を送る……。そんなふうに自分の人生を考えていました。そんな気持ちで、銀行で働いているとき、融資先のお客様が「君は銀行員には向いてない！　ファッションだ！」と声をかけてくださったのです。それがわたしの人生最初の「赤い糸」。大きな転機となって、思ってもいなかった新たな世界がはじまったのです。わたしはこんな突然のきっかけから銀行を退職し、ファッション業界に転職。さらには、パリで憧れだったフランスマダムたちと仕事をすることになっていったのです。

銀行退職後は、すぐに名古屋でセレクトショップの店長を任されました。ファッションのことなんて全く無知のまま、はじまった仕事をこなしていました。服は大好きでしたが、仕事となれば話は別です。お店のウインドーのディスプレイもできなければ、他人と話す会話術もない。接客なんてとんでもない！　心の中では、お客さまが来ませんようにと願うくらい。わたしにとって毎日が緊張とワクワクの挑戦でした。

家族や親戚には、「Kaoriは、銀行やめてお水の世界に入ったのね」と、嫌味を言われながらも、わたしは自分の導かれる未来を信じてそれには耳を貸さず、「自分の道」をセレクトしました。親の望む人生のレールから脱却したわけです。そして、わたしはこのお店でコツコツ真面目に働きました。すると数年後、取引先のメーカー社長から夢のようなお声がかかったのです。

「Kaoriさん！　ファションはパリだよ！　パリを知らず、ファッションは語れないよ。あなたが本物を知りたければ、パリへ行くべきだ。あなたもぜひいらっしゃい」

フランスは、学生時代からずっと思い描いていた憧れの世界でした。おしゃれな街角のパリマダムたちが掲載された雑誌の記事を切り抜いては、何冊もファイルにしていました。毎夜寝る前にはそれ眺めて、「本物のおしゃれパリマダムたちにいつか会ってみたい」と、ずっと願っていたのです。そんなわたしに天から二度目の「赤い糸」が降臨してきたのでした。

「熱い想いは叶う！」

「わたしは、パリへ行く」

すぐに渡仏する決意をしました。わたしは26歳になっていました。

1995年1月17日の阪神大震災の一週間後、生まれてはじめてのヨーロッパ、未知の世界パリへ飛びました。スマホはなくパソコンも今ほど普及していない、まだ通貨がフランだった時代。フランス語は「ボンジュール」しか知りません。ろくに英語も話せません。自分の魂の赴くまま裸の気持ちで、パリ行きの宇宙船に乗ったのでした。気づけば、スーツケース片手に、外せないおにぎりと味噌、日本茶を握りしめて！

そして、そこは、日本とはあまりもかけ離れた世界でした。当時のわたしはなぜかパリの街にも、食にも、ワインにも、全く興味がありませんでした。ただただ、はじめて訪れたファッション界のビジネスシーンに魅了されたのでした。日本の取引先の紹介で訪れた、そのころ全盛期だった高田賢三さん「KENZO PARIS」の華やかなパリコレクション。本場のいろいろなファッションメーカーも訪れ、未知の世界を体験しました。パリの有名ブランドだけではなく、パリジュンヌたちが日常に着こなす本場のプチブランド、「ABSOLU《アブソリュ》 PARIS《パリ》」、「PATRICK《パトリック》 GERARD《ジェラール》」、「PELLESSIMO《ペレッシモ》」などに出会うことができたのです。

パリから帰国後、三度目の決意！

「Angel《アンジェル》」というセレクトショップを起業することに決めました。

それが、わたしの人生のアヴァンチュール（冒険）、日仏を往復するビジネスの幕開けとなったのです。

パリの小さな日本人　Une petite japonaise á Paris　もくじ

Ⅲ　本心のままで生きる……101

I　わたしがブランド

わたしがブランド

フランスは、シャネル、エルメス、ルイ・ヴィトンなど、世界を代表するブランドが誕生した地。でも、パリマダムたちの誰もがおしゃれに見えるからといって、高級ブランドや高価なものばかりを身につけているわけではありません。フランスでは、こういったブランド品をもつ人は、実はごくわずかです。

本当のおしゃれマダムは、お値打ちで良質なものを上手に探します。そして、気に入ったものはボロボロになっても、最後まで大切に修理を重ねながら使い込む。それは服だけでありません。身の回りのすべてのものに対してが、そうなのです。

ブランドに流されず、質感やデザイン性を見極め、自分の個性を生かした服のセレクションで、自由奔放に着こなすのが「パリマダム流」です。

彼女たちのおしゃれ事情や、ショッピングに対する価値観は、わたしが日本でこれまで見てきたものとは、全く違っていたのです。

「Ce《ス》 n'est《ネ》 pas《パ》 trop《トロ》 cher.《シェール》（これはそんなに高くないのよ）Kaori！　いくらだと思う？　実はこれ！　先週ブロカントで20ユーロで買ったの。なかなかいいでしょう！」と得意気に語りはじめたのは、パレ・ロワイアル公園のカフェで待ち合わせた声優のカトリーヌ。

彼女は、わたしがうっとりする憧れのおしゃれの達人でした。持ち前の美的センスで、自分がセレクトするものがいかにお値打ちに購入できたかを、いつもわたしに自慢していました。

頭には、いつも真知子巻きのようにシルクスカーフをくるりと巻きつけ、大ぶりのイヤリングに足元はパンプス姿。女性らしく、エレガントで、セクシー。わたしのこれまで出会ってきた女性とはひと味違う、新品ばかりで固めた装いでは出せない風格と、ノスタルジックな雰囲気が漂っていました。まさに「わたし流ファッション」という独自のセンスをもった、典型的なパリジェンヌのおしゃれでした。

彼女が、いつも身につけていたものは、ブロカントで見つけた１９６０年代くらいの古びたブローチやイヤリングなどのアクセサリーばかり。時には、年季を感じさせる色あせた靴や服も購入していました。

当時、20代だったわたしは、「新しいものこそが流行なんだ！」と信じていました。古着の良さなんて何も感じていなかったし、人の履いた後のボロボロになったパンプスやブーツなんて、とんでもない！　欲しいとも思えませんでした。

でも、この街のおしゃれの達人を見ていると、何十年前の靴やバッグを修理しながら大切に愛着をもって使っているのです。満面の笑みに、深くキザまれた年輪を思わせるしわが、いい味となって滲み出ていたカトリーヌ。わたしは、そんな彼女から「パリマダムのおしゃれ」をもっと学びたいと思う気持ちを、どんどんかき立てられました。そして、いつの間にか彼女の虜になっていました。


１９９０年代のパリには、こんなヴィンテージファッションを上手に取り入れ、マリアージュする洗練された「わたし流ファッション」のパリマダムたちが、あちこちに出没していました。まさに彼女たちが「パリ」というおしゃれな街をつくっていたのです。

「わたし流ファッション」とは？　周りやブランド名に流されることなく、自分の個性を活かした、自分にしか表現できないファッションコーディネートということです。

ファッションの主役はあなたなのです。

ブレない自分軸を持って生きるパリマダムの姿勢は、ファッションだけでなく、考え方や生き方にもつながっています。マダムたちがカッコよく素敵に見えるのは、人に左右されることなく、自分の審美眼できちんとその本質を見極めて、自身を熟知し、本当に似合うものをセレクトする力があるから。

だからこそ、自分自身が「主役」。服は「額縁」。

わたしがブランドなのです。


その時、わたしは、まだまだこんなにうまく自分を表現できるほど個性的なファッションセンスもなく、たくましい生き方もわかりませんでした。でも、カトリーヌという一人の女性との出会いから、衝撃を受けて、私のファッションも、人生も、化学反応が起こりはじめたのは確かです。

シーンをわきまえた着こなしの美しさ

昼下がりのパリのカフェのテラスで、日本人の友だちと二人でギャルソンが来るのを待っていたのは、わたしがパリで仕事をはじめたばかりの頃。

待っても、待っても、誰もオーダーを取りに来てくれない。とくに満席でもないカフェなのになぜ？　友だちと話に夢中になっている間に、すでに30分も経過していました。

そう！　パリのカフェも、レストランも、ブティックも、ホテルも、お客さまを選ぶのはお店側だったのです。日本ではお客さまが「神様」かもしれないけれど、ここフランスではお客さまは「神様」ではない。店の雰囲気は、客側が作るもの。店側も、もちろんその店にふさわしいお客さまをセレクトするのです。だから、ブティックに入るときも、ホテルやレストランに行くときも、最低限の身なりが必要なわけです。

わたしは、そんなことも知らず、カフェのテラスで待っても待ってもオーダーを取りに来てくれない店に対して、「失礼なお店！」と思っていました。失礼なのは、わたし自身だったのです。今になって思えば、わたしのカジュアルすぎる身なりや対応を受け入れてくれなかったのは当たり前でした。

その頃は、何度もこんな小娘扱いをされる嫌な思い出がありました。パリの高級ホテルのロビーに入っても、ホテルマンは誰一人見向きもしない。高級ブティックに入っても誰も接客をしてくれない。そんな経験から、パリではいかにその場にふさわしい身なりが大切であるかを学んでいきました。

フランスは日本以上に階層社会が強く根付いています。服装で判断される社交の場も多いのです。だから、シーンやシチュエーションをわきまえたスマートで清潔感のある着こなしがとても重要になってきます。

かつては日本の海外旅行用のパンフレットに、「女性はワンピース必須。男性はジャケット必須」と書いてあるのをよく見かけました。まさにそれは海外ディナーでの最低限のファッションマナーだったのです。

パリのレストランやブティックで、ハッとさせられるほどのおしゃれな人は、よく見渡すとみんなジャケットを着用していました。ピカピカに磨き上げた靴に、プレスの効いたスーツ。胸のポケットチーフと色を合わせたマフラーをさりげなく首に巻くダンディな紳士たち。美しいおみ足でパンプスをさっそうと履きこなす夫人たち。

わたしは、そんな彼らの装いに影響を受けて、いつどこへ行くにも、自分なりのエレガントなファッションを意識するようになりました。そして、お出かけするときには、ジャケットをオンすること。足元はパンプス。紅いリップにスカーフを巻いて……。少しずつパリでの「エレガントマナー」を身につけていったのです。


最近は、ありとあらゆるおしゃれなスニーカーが世界中で流行していますね。スニーカー人口も急激に増えました。もちろん楽で履きやすいのが魅力ですし、疲れることもありません。でも、おしゃれなパリマダムたちは、スニーカーという靴は決して街では履かないのです。スニーカーは、ジョッギングをするとき、山や海などのレジャーを楽しむときに履くもの。どんなに高級ブランドでも、ジャージはジャージ。ジーンズはジーンズ。スニーカーはスニーカー。そんな彼女たちのシーンをわきまえた美意識には並々ならぬものがあります。

わたしの友だちのフローレンスも、ファビエンヌも、スニーカーを履いたことがない理由は、ボディラインを美しく見せてくれないからだそう。彼女たちは、どんな時もパンプス姿。ヴァカンスのビーチに行くときだって、さすがにピンヒールは難しいけれど、その代わりに8センチヒールのエスパドリーユをセレクトするこだわりよう。決してエレガントであることを忘れない、パリマダムが美しさを追求する根底には、TPOを超越した、永遠に失われることのない「女である」という意識が備わっているのです。

夜に黒を華やかに着る

パリに住んでいると、オペラや音楽会、ヴェルニサージュ（画廊でのオープニングパーティー）などの招待で、夜のイベントに出かける機会も自然と多くなります。日常から離れて、ちょっとしたおしゃれを楽しむ機会は、「女」であることを認識させてくれる人生のスパイスとしても大切なことですね。

こんな素敵なイベントに出かけて、わたしの心をかき立てたのは、まるで夜空とコーディネートしたような気品あふれるパリマダムたちの「ブラックドレス」姿でした。彼女たちの昼間のビジネスファッションは、「綿パン」に「ジャケット」。そんな昼間のファッションからは全く予想もつかないほど、ソワレになるとガラリと変身するのです。

クリスマスでライトアップされたエッフェル塔が眩しい、パリ16区のアパルトマンのテラスから眺める景色に魅了された日。そこは、わたしがはじめて招待を受けた有名画家のリュクスなヴェルニサージュでした。

招待された男性は、タキシードに蝶ネクタイ、女性は、それぞれの個性が輝く上品な「ブラックドレス」姿。そこは、日本の日常パーティーとはあまりにもかけ離れた華麗な空間でした。

地元のシャンパンやワイン、フロマージュが集まるフランスのアペリティフの豊富さ、男女の洗練されたファッション、はじめて出会う方々とのスマートな会話術、アートとともに楽しむ知的なフランス人たちの姿にわたしはうっとり……。

10メートルもの長テーブルの食卓を囲むように、部屋に灯された薄明かりの壁に鮮やかな色彩の絵画がディスプレイされていました。ブラックに身を包む美しい男女がシャンパンを片手に、出会いの会話を楽しみながら絵画を鑑賞する。そんな品格を感じるエレガントな振る舞いのフランス人たちの所作までも、絵になっていました。

わたしと同席したファビエンヌは、デコルテの大きく開いたレースがセクシーなボディコンシャスの膝丈のブラックドレス。そして、大ぶりのシルバーのチョーカーとブレスレットに、足元は7センチのピンヒール。仕上げは、彼女の定番の真っ赤なルージュ。背筋をピンっと伸ばして颯爽と歩く彼女の姿は、とても70代とは思えないほどの美しさと色気が漂ってました。

そう！　パリマダムのライフスタイルの一部になっている夜のパーティーやディナーに欠かせないのは、「ブラック」という色。

彼女たちは、ワードローブの定番として、ドレッシーなブラックのトップスや、ブラックドレスを無条件で備えています。

なぜ？　マダムたちは、ソワレになると、赤やブルーの華やかな色のワンピースでもいいはずなのに、地味になりがちな「ブラックドレス」にこだわるのでしょうか？

それは、1926年、「ブラック」を喪服から日常へと展開させたココ・シャネルがファッション界に歴史的革命を起こしたことがきっかけでした。ココ・シャネルが考案したシンプルな黒いドレス「La《ラ》 Petite《プティット》 Robe《ローブ》 Noire《ノワール》」、いわゆるリトル・ブラック・ドレスは、世界中に大きな影響を与えたファッションだったのです。

今や、パリマダムたちにとって、「ブラックドレス」は女である以上、欠かすことのできない永遠不滅のモードとなっています。

ブラックは、ボディーラインを美しく見せてくれるのはもちろんのこと。さらに、ここでわたしがお伝えしたいのは、自分を自分らしく演出し、スポットライトに照らされたように人を惹きつける効果に優れているということです。

ブラックは、色がない。

だから服の主張がなく、まるで劇場の黒子役のように、あなた自身の美しさの脇役となってくれます。切り絵を想像してみてください。黒を切り抜いてみるとわかるように、まさに自身が浮き彫りにされて、あなた自身の内面からかもしだされるオーラとともに魅力を引き立たせてくれる効果があるのです。

夜のブラックは、他人を目に入れさせない。あなたを「主役」にしてくれる。

あなただけに集中させて、目の前の男性をも虜にさせる。そんな魔力さえあります。でも、ブラックはうまく着こなさないと、ただの喪服のようになります。だから、赤いルージュやスカーフの小物遣いで華やかに！　彼女たちはそれを熟知しているからこそ、ソワレには、最高に自身を自分らしくアピールするために、マジック的な「ブラックドレス」を優雅に装うのです。

ワイングラスとともにしなやかに動く赤い爪の手先や口元、夜のライトに映される、ほどよくセクシーに露出された美しい肌、想像をかき立てる艶かしい「les《レ》 bas《バ》」（太もも丈のストッキング）を履いた脚……。

すべては、ブラックを装うことで生まれる究極のミステリアスな世界なのです。

カッコいい女は「甘辛コーデ」で決める

パリマダムの日常の着こなしは、「甘辛コーデ」を無意識に活用しています。たとえば、チャーミングな「甘口」のワンピースには、「辛口」のカッコいいショートブーツを合わせる。そして、ジャケットや皮のブルゾンを羽織ってシャープに装います。

女性的なチャーミングさやセクシーさに、「男性的なカッコよさ」をプラスするテクニック。これだけで、大人流の甘さもありながら、パリマダムのような、こなれたカッコよさを表現できるわけです。まさににこれが「甘辛コーデ」です。

ここでは、わたしがこれまでにおしゃれマダムたちから学び、トータル的にまとめたコーディネートのテクニック「甘辛コーデ」を紹介します。このポイントさえ意識しておけば、誰でもパリマダムのようなカッコよさを演出できます。

「甘」とは、「Féminine《フェミニーヌ》（女性的な）」、チャーミング系の甘口ファッションのこと。「辛」とは、「Masculine《マスキュリーヌ》（男性的な）」、カッコいい系の辛口のファッションのこと。わたしは、この二つのコーデを掛け合わせて「甘辛コーデ」と名付けています。

「甘口」の女性らしくかわいらしいものやセクシーな服。それに、「辛口」のシャープな服を合わせることで、トータル的にバランスの取れた、こなれたカッコよさが生まれます。

リクルートファッションになりがちな、メンズライクで平凡なグレーや紺色のスーツだって、ちょっとした「甘辛コーデ」のテクニックで素敵に変身できます。

スーツがそもそも「辛口」なアイテムですから、「甘さ」をプラスすればよいのです。インナーに甘いビビットピンクのブラウスを合わせたり、ハッとするようなセクシーな胸元の開いたニットやレースのカットソーをセレクトしたりして、パンプスを履いてみる。カッコよさのなかにも、大人の女性らしさがぐーんとプラスされます。足元をブーツで合わせることで、さらにモダンで洗練された印象になります。

パリマダムたちは、いつも着こなしのなかに「女性らしさ、セクシーさ、エレガントさ」、この3つを取り入れています。

こうして、「甘」×「辛」の加減を考えながら、自分自身の顔立ちやボディー、自身のキャラクターもマッチングさせていくと、世界にたった一人、自分だけのスタイル＝「個性」が生まれてきます。パリマダムたちの一人ひとりが個性際立つ理由は、年齢とともにこんなコーデが成熟していくからです。

だから、パリマダムたちのベースとなるアイテムのパンツ、スカート、ジャケットは、定番の自分に合うベーシックなカラー。でもインナーに着るブラウスやニット、小物遣いは、ちょっと女性らしい遊び心のある小花柄だったり、時にはセクシーなレース素材だったり……いろいろです。


ぜひ、あなたのワードローブも見直してみてくださいね。

クロゼットの中の服は、「甘」と「辛」、どちらの比重が大きいですか？

案外足りないのは、ちょっとした甘口系のきれいな色のスカーフやストールだったり、辛口系のおしゃれなショートブーツだったりします。「甘辛コーデ」を意識していくと、いろいろな自分がどんどん見えてきます。

自分自身が「甘口」の人間なのか？　それとも、「辛口」の人間なのか？　自分のことをもっと知ることでファッションコーデはさらに楽しくなっていきます。

パリマダムたちから学んだ「甘辛術」のハーモニー！

ぜひ、世界であなただけの個性的なファッションを研究してみてください。

ランジェリーはファッション

雨のしとしと降る小寒い11月、パリ6区のRue《リュ》 Saint《サン》-Sulpice《シュルピス》（サンシュルピス通り）を歩いていたわたしがふと立ち止まったのは、ウインドー越しに並ぶ、高級レースやカラフルで艶やかなシルク素材の、まるで美しい宝石のようなランジェリーショップ。わたしがパリを知ったその頃から仕事帰りにいつも眺めていた憧れのお店でした。

パリの街を歩いて気づくのは、ランジェリーブランドのショップが多いということ。カジュアルなものから、高級ブランドまで、服のブティックのようにあちこちにあります。まさに、ランジェリーがファッションとして根付いている証ともいえるフランスの奥深い文化であることを感じます。見ているだけでも、女性であれば誰もがテンションが上がるアートように美しいレースのランジェリー。

人の目に触れることのないランジェリー選びも、服以上に手を抜かないのがパリマダム。セクシーさはもちろん、エレガント、フェミニン、キュート、スポーティーなデザインまで、いろいろなブランドがランジェリーを作っています。フランスを代表するランジェリーブランドAubade《オーバドゥ》や、Chantal Thomass《シャンタル トーマス》、お手ごろに購入できるEtam《エタム》は、フランス女性であれば誰でも知っているブランド。

たとえボディースタイルに自信がなくても、こんな美しいランジュエリーを身につけて鏡に映った自分を見ているだけで、なんだか自信がみなぎってくるから、その力はすごいのです!

パリマダムにとって、ランジェリーは、自分を美しく見せてくれる最高のアートであり、ファション! だからこそ、セレクトはとても慎重です。デザインはともかく、服の着心地と同じように付け心地を重視します。行きつけの好みのブティックやカフェに通うように、彼女たちはお気に入りのランジェリーショップを持っています。そして、そこへカップルで行くこともめずらしくありません。日本では、男性がランジェリーを一緒に買いに行くなんて考えられませんね。恥ずかしくてお店に入れない。外で待っている。そんな方がほとんどだと思います。フランスでは、まるでアートを鑑賞するように、カップルでランジェリー姿を楽しむもの。だからカップルでランジェリーをセレクトしに行くのです。それは、若者のカップルからロマンスグレーヘアーのシニアカップルまで年齢は関係なく。

素敵だと思いませんか？

わたしがショップでランジェリーを探しているときに、ステキな毛皮のマントーを羽織ったおしゃれなマダムがフィッティングの中に入っていきました。店員さんは彼女にランジェリーを数枚渡し、試着が終わるのを外で待っていました。その後、最初にフィッティングを覗いたのは、なんと！彼女と一緒にいた男性だったのです。

カーテン越しに覗いて「それいいね。これは違う。こっちの方が君に似合うよ」。そうやってアドバイスをしていました。フランス人女性は、ランジェリーをつけたときのサイズや心地よさはもちろんですが、どれだけ自分が美しく見えるか、まずはデザイン性を意識してセレクトします。

言ってみれば、服の上からの見えるボディーラインよりも、「ランジェリー姿になったときの自分を、どう美しくセクシーに見せるか」のほうが、彼女たちにとっては大切なことなのです。

日本で流行っているボディースーツやガードルといった鎧のような下着は、フランス人のほとんどがつけていません。お尻が下がらないように、ガードルの中にお肉を全部入れ込んでアップするのではなく、彼女たちは車を使わず、ひたすらどこまでも歩いて、ナチュラルにヒップアップ活動、「ボディーメイク」をしているのです。憧れのランジェリーやヴァカンスのためのビキニが、美しく着こなせるように！

窮屈な下着の中にボディーを押し込まない習慣は、「人生をいつも自由に生きたい！」「規則や枠にはまりたくない」という彼女たちの生き方に通じているように思います。

パリマダムたちにとっては、服の下の見えないところまでが「ファッション」です。そのための「ボディーメイク」も欠かさない。

これこそが、まさに「究極のおしゃれ」といえるのではないでしょうか？

自分を知ることがおしゃれのコツ

世界でもっとも美しい、パリのクリスマスシーズン。シャンゼリゼ大通りのイルミネーションが華やかに輝きはじめると、パリの街のブティックは、一斉に大人のクリスマスディスプレイを意識した、ラグジュアリーなウィンドーに染まります。夜の街は、ディナーファッションを装うおしゃれなカップルで、活気が満ち溢れます。そんなパリのロマンティックな雰囲気が漂いはじめる１９９９年12月のある日、わたしは、ヴィンテージ・ショップで購入した、人生はじめての毛皮を羽織って、いつもよりもちょっとおしゃれをして、ディナーに出かけました。

わたしが訪れたのは、パリ6区メトロのオデオン駅の近くにある、貴族の館のようなレストラン「Le《ル》 Procope《プロコープ》」。ナポレオンも訪れた１６００年代、ブルボン王朝から続くパリ最古のカフェだった場所でした。入り口の大きな扉を開けて中に入ると、そこには、真っ赤な壁一面に、歴史的著名人の絵画が掛けられ、アンティークの調度品が、店の歴史の重みを感じさせるレトロな雰囲気を漂わせていました。

入り口には、おしゃれなマダム&ムッシュたちが溢れ、なんともいえないロマンを感じさせる店内。俳優?と思わせるようなオーラとエレガントな装いに、気品さえ感じさせる立ち居振る舞いのフランス人たち。何もかもが生まれてはじめて出会った光景のわたしは、まるで映画のようなロマンティックなシーンに「これぞパリ!」と圧倒されたのでした。

わたしは、暖炉の前で椅子に座り、席が準備されるのを待っていました。そのとき、目の前に座っていた上品なマダムが、突然、わたしに声をかけてきたのです。ブラックのラメ入りのスーツに、年季の入ったブラックミンクの毛皮を羽織り、アクセントになる真っ赤な革のグローブに、セクシーなパンプス姿。まさに、1950年代のモノクロ映画のシーンから、飛び出してきたようなエレガントで美しいマダムでした。

彼女は、私にこう言ったのです。

「あなたの着ているグリーンのマントーは、あなたの肌の色にピッタリあって、とても素敵ですね。とってもお似合いです。なぜなら、あなたの肌の色が、イエローだから」

私は、今まで指摘されたこともない「肌の色」を、そんなおしゃれなマダムに褒められて、びっくりしたのと同時になんだか嬉しくなりました。なぜなら、マダムの率直な意見はもちろんのこと、日本では、見知らぬ他人が突然声をかけてきて、素敵なところをこんなに褒めてくれることなんて、決してなかったから。そしてさらに、彼女は、まるで1枚の絵画を鑑賞するように、上から下まで、わたしのファッションの色のマリアージュを感じ取っていたことに驚かされました。わたしは、なるほどと思ったのです。

「幼い頃からアートの中で育つフランス人は、やっぱり、指摘する角度がちょっと違う」と。

私が着ていたのは、ヴィンテージ・ショップで購入した、襟元のフォックスがグリーンに染められたお気に入りの毛皮でした。このグリーンの色が、「私に似合っているかどうか？」なんて、その時は気にせず、ただ、「きれい！」「素敵！」「着てみたい！」のインスピレーションだけで購入したもの。

マダムが、わたしのことを魅力的に思ってくれたのは、毛皮そのものではなく、白い肌でも、黒い肌でもない、わたしの「イエローの肌の色」と「グリーンのマントー」との色のマリアージュだったのです。わたしは、そのときマダムに指摘されて、はじめて自分の「肌の色」を自覚しました。色白だと思っていたのに、実はイエローだったのです！　毎日ノーファンデで過ごしていたわたしは、自分の肌の色さえもわかっていないほど、自分に無知でした。

こんなふとしたご縁をきっかけに、わたしは自分に合う「グリーン」という意外な色を発見することができました。そして、「服の色は、肌の色とマリアージュすると、違和感なく、カッコよく決まる！」ということをマダムに教えてもらったのです。

柔らかく、ふわふわのブロンズヘアーで、瑠璃色の青い目をしたパリマダムたち。彼女たちのいろいろなアドバイスは、わたしにとってとても新鮮でした。フランス人が日本人のわたしを見るセンスこそ、的確だったから。

真っ黒な直毛の髪の毛、黒目で、そばかすのあるイエローの肌、小さくて、典型的なジャパニーズボディーのわたし。そんなわたしを魅力アップしてくれるような自分に似合うスタイルは何なのか？　それを発見していきました！　そしてわたしは、アジア人同士では、見えなかった、感じなかった、新たな感性が養われていくようでした。パリは移民も、世界の観光客も、たくさんの人種が共存し混じりあうグローバルな都市。だからこそ、この街でいろいろな人を観察し、それを学んでいったのかもしれません。

人それぞれの生まれもった、肌の色、目の色、髪の色、骨格でファッションコーディネートは変わっていくのです。それぞれに、しっくりくる「色」があり、「フォルム」があり、「おしゃれ」がある。さらに、そこには、しっくりくる「生き方」があるわけです。

すべては、「自分を知ること」から、はじまるのです。

センスが磨かれるアートな国

フランスは、アートに恵まれた国。パリの街には、100軒以上の美術館があり、約1000軒にものぼるアートギャラリーが存在します。まさに、生活のなかに、いつもアートが共存しているわけです。街のあちこちに美術館やギャラリーのウインドーが建ち並び、街をふらりと歩いているだけでも、想像力をかき立てられてワクワクします。わたしは、そんなパリの街のお散歩が大好き！　フランス人たちの培ったおしゃれファッションや、ライフスタイルのセンスの素敵さは、まさにそんな環境から来ていると思っています。

パリでは、26歳以下の若者は、学生証明書や身分証明書を提示するだけで、美術館やモニュメントに無料で入場できる。それを知ったときには、わたしはとても驚かされました。彼らは、物心ついた頃から、本物のアートに触れているのです。

かつて、ルーブル美術館へ行ったときのこと。7歳くらいの愛らしい子どもたちの団体が、あの圧倒される絵画「皇帝ナポレオン一世と皇妃ジョセフィーヌの戴冠」の前で、ちょこんと体操座りをして授業を受けていました。子どもたちが目をキラキラ輝かせて、先生の話を聞いている姿を見て、「わたしも一緒に座って学びたい!」と思ったほど。そんな教育を羨ましいと感じました。芸術を、子ども用に加工せず、本物を見せて学ばせる。すばらしいと思いませんか?

そのお陰で、子どもたちは、物心ついた頃から、どんどん色彩感覚が敏感になって、感性や想像力がとても豊かになっていくわけですから。わたしは、こんな環境をはじめて知ったとき、さすがフランス! この国は、アートと社会が密な関係にあると思いました。

パリは、「美」の街! 街の外観を美しく見せることにも、とても貪欲です。東京の銀座の街中を想像したらわかるように、ふつうに見かける夜のネオンや、至るところにある宣伝広告の大きな看板は、パリにはどこにもありません。パリの街では、洗濯物さえも外に干すことは禁じられています。人が暮らす場所であれば、日本じゅうのどこの街に行っても、ベランダや庭に洗濯物を干す風景は当たり前なのに。

また、建物のリニューアルの際には、おしゃれな目隠しがされることも、わたしがはじめてパリを訪れたときに感動したことです。マドレーヌ寺院や、オペラ・ガルニエ宮、シャンゼリゼにあるディオールショップも、パリオリンピックのはじまる2024年までに、美しくお色直しされました。その改修中も、美しい街並みの雰囲気を壊さないように、足場を隠した大きなスクリーンシートに転写された美しい写真や、おもしろいデザイン画が注目を浴びていました。まさに、パリの街全体が、美術館のようなもの！　こんな美しいものに囲まれた環境で生活していたら、もちろん美意識も磨かれますし、文化や芸術に対する教養も、自然と育まれていくのは納得です。

「アート」のなかで育ち、毎日を「アート」のなかで生きるフランス人。彼らの美的センスや、将来の夢を見る想像力や感性は、幼い頃から自然に身についたもの。本物に身近に触れて、その環境のなかで暮らす影響は、とても大きいことがわかります。

とはいえ、日本にもフランスや世界に支持されている、すばらしい大自然、文化や芸術は数知れぬほどあります。春になると、見事に桜色に染まる日本列島の美しさは、日本の誇りです。富士山、桜、歌舞伎や浮世絵、漆器や陶芸などの工芸、茶道、着物文化など、日本という島国にしかない、わたしたちが気づいていない、フランス人が魅了されているエッセンスはいっぱいなのです！　わたしたちも、目の前にある母国の「美」にもっと触れることで、彼らのように「美的センス」や「美意識」は磨かれていくはず。日々、「美」とともに生きることは、自身を磨く「ファッションセンス」や、「幸せに生きるセンス」を開花させる原点です。

断捨離より「審美眼」を磨く

モノも、服も、人も、フランスでは、新しいものよりも古きものこそが愛される文化。ブロカントやヴィンテージ・ショップは、わたしがはじめてパリに来た1995年以来、今も変わらず潤っています。先日、パリ6区のオデオンにあるヴィンテージ・ショップでわたしが購入したものは、色褪せたレザージレ（40ユーロ）と、ネックレスとしても使えそうなミンクの極細のストール（30ユーロ）。パリのこんなお店では、十分に安価で良質なものを手に入れることができるから、パリマダムたちの楽しみのひとつになっています。数十年前のもう捨ててもいいかなと思えるものだって、修理を繰り返し、時を重ねた今でも大切に使い続ける彼女たちのエコロジックな考え方は、とても共感できるところです。擦り切れた袖のレザーブルゾンや色褪せたバッグなど、特にレザー素材は、年月とともに色の変化を楽しみながら愛用していくもの。

フランス人は服をむやみに捨てません。古いものこそ良質ですし、新品にはない味がある。そして、モノを大切にする習慣があるからです。そんなヴィンテージの服たちを、現代のトレンドスタイルとマッチングして着たりします。わたしは、そんなセンスがとてもパリマダムらしく、素敵だなと思います。

日本では、いつからか「断捨離」というものが流行し、まだまだ十分に着られそうな服や靴、バッグなど、家財のあれこれを含め、平気で捨てるようになりました。

わたしは長年、パリやイタリアで服に使われる素材の歴史を見てきましたが、かつてはカシミアウール、シルク、リネンなどの良質な天然素材のものがほとんどでした。最近は、真冬のジャケットやコートでさえポリエステルなどの化学合成繊維で作られ、防寒度もさることながら素材のクオリティーもかなり落ちています。素材の良し悪しよりも、雰囲気さえ良ければよい。売上のために大量生産し、その割にお値段も高額なのが現状です。だからこそ、わたしたちの本物を見極める「審美眼」が必要な時代になってきたように思います。

昔の服は、とても良質だったのです。なので、わたしは古い服の断捨離は特にお勧めしません。そして、古きモノに価値をおき大切にするフランス人たちの習慣を見習うべきでは、と思っています。

洋服がいっぱいでクロゼットに入らない。だから断捨離する。そんな思考回路はまず捨てましょう。

断捨離しないっていうことは？

もし、服がクロゼットにいっぱいになったらどうするの？

服は譲ることも販売することもできます。最近は、日本でもメルカリやヤフーオークションなど、いろいろなものを販売できるサイトが便利になっていますね。上手にそれを利用して売買している方も少なくありません。リサイクルを利用することはエコですし、わたしは賛成です。

フランス人は昔からの習慣で、使わなくなった服や靴は、古着屋さんに持っていって売ったり、友人に安く売ったりします。それは服に限らず、靴やバッグ、アクセサリーもそうですし、家庭用品の冷蔵庫や家具も、そうです。

以前パリの友だちから「Kaori に似合いそうなブーツが25ユーロで売ってるから買っておこうか？」と、日本まで連絡がありました。高くないからお願いしたのはよいのですが、私の知らないどなたかが履いたお古だったのです。革の艶もなく、かなりくたばっていた靴でした。わたしは、それが素敵だとは全く思いませんでした。新品のつもりでお願いした靴だったから、「え！　靴も人の履いたモノを履くのね」と、ただそれに驚くばかりでした。

車は中古が当たり前、家具も新品は買わない。家も新築なんてパリにはないのです。パリの街のアパルトマンだって、１８００年代から今に至るまで街の外観を守りながら壊さず、内装のリニューアルを繰り返して存在します。ナポレオン時代からのアート的な都市計画の感性は、今もちゃんと残され受けつがれています。

パリには、こんな古き建物も、モノも、服も、人間もいっぱいです。

そんなセピア色のように色褪せたこの街の雰囲気が、古き映画のような色気を生み出し、ノスタルジックな別世界を作り出しているように感じます。スタイリッシュなマダムたちがそこにとけこんで、さらに絵になっているのです。

良き時代のヴィンテージと呼ばれるものは、古くなればなるほど価値があります。あなたのクロゼットの中の服も、これは捨ててもいいかなと迷うものは、むやみに断捨離しないで、審美眼を光らせて判断してください。

着物は堂々と着こなす

日本の着物は、世界のあらゆるファッションのなかで、もっとも美しいテキスタイルデザインのお召し物だと思います。

若いときは、全く着物に興味のなかったわたしでした。着物の素材の素晴らしさ、魅力を理解していませんでした。そんなわたしが、パリのモード界で仕事をするようになって、世界のたくさんの素晴らしいテキスタイルを見るたびに、その感性は少しずつ養われていきました。西陣織や、絞りの技術などの織物文化を、フランス人がとても高く評価するように、わたしも同じ角度でどんどん日本の魅力を感じるようになっていきました。

海外に行く前に、日本人だからこそ、まずは母国の伝統的な衣装のすばらしさ、日本文化の価値観をもっと知るべき。フランスのファッションはもちろん素敵。だけど、日本には、フランスにはない一味も二味も違う魅力がある。こうしてパリでいろいろな想いを寄せながら、わたしの着物に対するパッションは、どんどん膨らんでいきました。

わたしのメインの仕事は、パリからの服を直輸入販売することです。でもその傍ら、ときには、店内を「浜松注染《ちゅうせん》」の浴衣のオンパレードにし、100反近くの反物をディスプレイして、期間限定の受注会を行っています。

人生は不思議なもので、わたし自身も、40代半ばから、それまで見向きもしなかった着物や浴衣を楽しむようになっていったのです。夏には、大和魂にどっぷり浸かり、日本三大盆踊りのひとつ、江戸時代から伝わる岐阜県の「郡上おどり」へ出かけています。三味線や笛、太鼓の音をバックに思いっきり下駄を蹴り鳴らしながら、「ハルコマ！　ハルコマ！」と汗水流して踊り明かすのは、本当に快感！　フランスを忘れて、わたしにとって大和魂が蘇るとき。わたしは、こんな日本の文化を感じる時間も大切にしています。

パリでは、2015年に市役所で行われたお茶会に出席しました。そんな着物を着なければならない機会のお陰で、髪を逆立て、髪を結い、畳も鏡もないところで、一人でさらりと美しく訪問着が着られるようになるまで上達しました。こうしてパリでのファッションショーやいろいろな機会に、着物を装うようになっていきました。

洗練された、パリマダムファッションの巧みな小物使いもさることながら、着物ファッションにも、帯の優雅さ、衿合わせ、かんざしや、足袋、草履に至るまで、素材にこだわった小道具のすばらしさがあります。「八掛け」という着物の裏地に隠されたおしゃれ技など、すべての技術のその繊細さは、世界に感動を与えるほど！

このように着物は、世界のどこでもエレガントな正装着として装うことができるリュクスなファッションです。パリでのわたしの唯一のファッションの武器は「着物をシックに着ること」と決めています。なぜなら、社交界やパーティーに、日本の最高峰のファッションとして堂々と自分を演出できるから。

フランスには、何百年ものファッションの歴史があります。スタイルも、センスも、完璧すぎるパリマダムたちと同じように、小さなわたしが服を装っても、そのセンスはとても追いつくわけがない！　だけど、着物はいざというときに、わたしのように小柄な体型も、平坦なボディーも、日本人ならではの上品な奥ゆかしさとともに、大胆に、美しく、魅せてくれるのです。

フォトグラファーのファビエンヌと、パリのグランパレで開催されたパリフォトの写真展に行ったときのこと。

「Kaori!　この前ここで着物を着たあまりにも素敵な日本人マダムに会ったの。シックな着こなしに、そそとした歩き方、丁寧で、物腰の柔らかい所作や、上品な話し方、日本人女性独特の艶やかさ、凛とした立ち居振る舞い、とにかくとても感動したのよ」

ファビエンヌが、見ていたところは、着物そのものだけではなかったのです。着物とともに、映し出される日本人の美意識、ふとした着物の所作から滲み出る日常そのものだったのです。わたしは、なるほどと感動しました。

パリマダムたちが、魅了されていたのは、着物に手を通すことで生まれる優雅さ、強さ、そして内面の美しさ。まさに、ファビエンヌの感動していた視点は、大和撫子の美しさ、「内外のトータル美」だったわけです。

そんな大和撫子である日本人のわたしたちだからこそ、世界に負けない「美徳」がある。わたしは、それをいつも思いながら、フランスにいてもどっぷりフランスに浸かりすぎないようにして、「わたしは日本人」であることを意識して生活するように心がけています。

あなたがグローバルに海外で活動するときは、着物という日本の文化があることも忘れずに、頭の隅に入れておくと、自信をもって堂々と、どんな世界の舞台でも負けないオーラで振る舞うことができるはず。

服は、ボディーで着る！

パリマダムたちの日常着といえば、スタイリッシュなパンツスタイル。それもヒップを隠さずオープンに、プリンッと履きこなすセクシーなパンツルックは、わたしたち日本人にとって魅力的です。セレクトショップAngel《アンジェル》でも、1995年から2000年にかけて、ヒップラインがピッタリとしたパリブランド「ABSOLU《アブソリュ》」のストレッチが効いたスキンパンツが大ヒットしました。でも、誰もがヒップのラインを出すことに抵抗があったので、その時のお客さまへの着こなしの提案は、もっぱら「長めの丈のニットでヒップを隠す」でした。

パンツこそ、パリマダムにとってセクシーに着こなすことのできる日常的なアイテム。パンツスタイルは、スカートよりもボディーラインが露わになる。だから、スカートよりも実は、セクシー度もアップするのです。ドキッとさせられるほどに鍛えられたセクシーなヒップで颯爽と歩くマダムたちの姿は、ヒップが大きかろうと形にかかわらずカッコいい！

それとは逆に、日本人女性はヒップラインを隠したがる人が多いですよね。「ヒップに自信がないから」「下がったヒップを出したくない」「大きいヒップは恥ずかしい」。そんな理由です。

なんといっても、わたし自身、パンツが最高に似合わないコンプレックスいっぱいの日本人でしたから……。だからこそ、そんな気持ちは十分にわかるのです。ナス尻、偏平尻、垂れ尻といわれる日本人女性が、よりカッコよく見えるパンツのシルエットというものを研究し、何十年もかけてやっと生み出したパンツスタイルがあります。それは、足を長くスリムに、よりヒップラインを美しく見せてくれる理想的なフォルム。最近は、何百種類以上の生地のなかからセレクトし、Angle オリジナルのパンツをオーダーで作っています。

街を歩くカッコいいマダムたちのヒップを見ているとよくわかるのですが、若いマドモアゼルに限らず、驚くのは50代、60代以上のマダムも、年齢にかかわらず鍛えられた大臀筋がもっこりとして、みんなヒップが上がっているのです。それは羨ましいほど！　パンツを美しく履きこなすには、やっぱりなんといっても、鍛えられたヒップが決め手！　そもそも、日本人とはまず骨格が違いますが、彼女たちはそれだけではなく、ボディーを美しく保つためのお手入れや、トレーニングを日頃から欠かしません。

とくにスポーツジムに通うわけでもなく、背筋をピンっと伸ばし、どこに行くときも、とにかくひたすら大股で歩く。そして、ヴァカンスともなれば、海で毎日のように泳ぐ。サイクリングをする。そこにお金を賭けるわけでもなく、誰もができる小さな日常の習慣です。そんな積み重ねが「理想の美尻」を作り上げているのです。そう！　パリマダムたちも、それなりにボディーを鍛えているわけです。

だから彼女たちは、いくつになってもヒップが上がっているのはもちろん、足腰も鍛えられ、カモシカのような美しい脚ができあがるのです。わたしもそれに習ってパリでの仕事中は、車にも地下鉄にも乗らず、ひたすらヒール付きのブーツで歩くようになりました。

パンツをいつまでも美しく履きこなせるということは、年齢とともにヒップやボディーラインを意識している証。だからこそ、ビジネスファッションだって、夜のソワレのワンピースだって、何を着てもカッコよく服が決まるのです。

「服は、ボディーで着る！」

ヒップを隠す前に、まずはカッコよくパンツスタイルを決める「ボディーメイク」から。

ファッションで内面も美しく変わる

あなたは、自分の思う好きな服を自由自在に装って、「ファッション」を楽しんでいますか？

服をセレクトするときのカラー診断などもありますが、パリマダムたちには不要。色や形にこだわりすぎず、インスピレーションで「これ、着てみたい！」「これが好き！」と思ったものを自由に楽しみます。日本のように「年相応」の服は存在しません。彼女たちのファッションには、年齢の縛りはなく、コンプレックスさえも超越した解放的な自由さがあるのです。

華やかなピンクや真っ赤な花柄のワンピースも、ちょっとハードなウエスタンブーツも、レザーのミニスカートも、自分流のファッションスタイルに馴染ませて、巧みに着こなすコーデはマダムたちのお手のものです。ふわっと無造作なヘアースタイルとノーファンデのメイク。気取りすぎないそのトータルなバランスは、見ているだけでうっとりするほど素敵！　そこには、若さや可愛らしさに対する意識よりも、むしろ、品格とエレガントな女性らしさ、そして凛としたカッコよさが必ず共存しています。

なぜ、パリマダムたちは好きな服を、自由自在に着こなせるのでしょう？

それは、自身が自立し、自信に満ち溢れてくると、服だって、何を着ても似合うようになるということ！　シンプルすぎる服も、派手かなと思える服も、自分の土台さえ確立していれば、しっくりとあなたに溶け込むように服が馴染んでくるのです。どんな格好をしようと、まわりの目なんて全く気にならなくなります。「主役はあなた」。服に着られるのではなく、服を自由自在に操るテクニックが備わってくるのです。

何事も自分が「主役」になって堂々と振る舞う姿は、いつもチャレンジ精神の勇気と、自信がみなぎっている証。まさに内面の投影、あなたの願う「心の姿」です。

実際に、セレクトショップAngel《アンジェル》のお客様も30年を経て、パリマダムたちのファッションと生き方のエッセンスを取り入れ、美しく生まれ変わっていきました。

「Kaoriさん、透けるから無理。膝が出るからはけない！　こんな格好はわたしにはできないわよ」とおっしゃっていたお客さまも、いつしかパリマダムたちのように容姿から変化していきました。何もかもがマイナス思考だったファッションコーデが、年月をかけて少しずつグレードアップし、考え方までもがプラス思考に転換。さらには、生き方まで変化していく姿を垣間見てきました。

2021年から、Angelでは、名古屋のお店を拠点にパリで厳選する商品を東京まで運び、「表参道ポップアップイベント」を開催しています。さらに、2024年からは、神戸でもおしゃれ芦屋マダムたちをターゲットに、ポップアップイベントをはじめました。名古屋を中心に東は東京、西は神戸と、Angel店内の商品をすべて車に積み込み、30年連れ添うわたしのビジネスパートナー、店長のゆかさんと女子二人で四苦八苦しながら、大荷物を運び続けています。

そんなポップアップイベントで、わたしが気づいたことがあります。日本でも、地域によって、服のセレクションも、装い方も、生き方までも違いがあること。それは、驚くことにフランス国内でのパリマダムと、南仏マダムとの装い方が全く異なるほど、日本も違っていたのです。

たとえば、関東方面のお客さまは、バリバリのキャリアウーマンが多いせいか「これは洗濯しやすいから」「安いから」「ブラック、グレー、ネイビーなどの目立たない地味な色がいい」「普通に見えるように」「何でも合わせやすくて無難な服がいい」といった条件に束縛されて、自分中心に服をセレクトしていない方が多いのです。

それに対して関西方面のお客さまは、きれいな色やキラキラしたもの、デザインの面白いものを好む傾向が強く、性質もとてもアクティブなイメージです。会話も、フランス人のようにラテン系でのりが良い。性格の楽観的なところも、服にやっぱり影響しているのかと思うほど、関東とはまるで違います。

また中間の名古屋は、コンサバ系、きれい系にまとめたいマダムたちが多い。日本国内でも、地域によってこんなにもファッションと心のあり方に差があるのです。おもしろいと思いませんか？　このように、それぞれキャラクターさえも異なる日本の3地域を行き来していますが、Angelでは地域には関係なく同じコンセプトで、心がときめくような色やテキスタイル、デザイン、そんな服を提案しています。それは、人生を前向きに、好転させてくれるルンルンハッピーな服だから！

Angelは、大量生産して利益を求めているショップでも、ただ単に服を販売しているショップでもありません。日本人女性のための、心から人生を楽しめる「ワンダーランド」です。「内外のトータル美」をテーマに、「外見」だけでなく、「内面」もともにトータルで美しくある場所であり、そして心の成長を感じるそんな空間です。

私たちは、ファッションも、人生も「自由」です。

「年齢」や「服」や「生き方」に束縛されることなく、自分のことだけを考えて、本当に好きな服を着て、好きな人と一緒に、好きな場所で、好きなだけ人生を楽しむ。

そんな人生って、素敵だと思いませんか？

真面目なわたしたち日本人ですから、もっとわがままになっても、贅沢になっても大丈夫！　たとえ、おばあちゃんになっても、いつまでも人生の翼を広げてはばたいて生きましょう。

あなたの大好きなファッションスタイルに出会って、あなたの描く人生のシュマン（道）を確立させていくために。

メガネは究極のジュエリー

パリ・ファッション・ウイークの期間は、ディオール、シャネル、セリーヌなどの有名ブランドのコレクションがリュクスに開催されます。いわゆる世界のビッグ・ファッション・フェスタ。招待されたクライアントだけが、あのランウェイを歩くスーパーモデルたちの華やかな衣装を目の前で堪能できます。

この期間は、全世界の編集者や記者、カメラマンがパリに集まります。そんななか、一際カメラマンの脚光を浴びる強烈な印象のデザイナーがいました。シャネルやフェンディなどの有名ブランドのヘッドデザイナーとして活躍した、今は亡きカール・ラガーフェルド氏（1933-2019年）。

いつも、大ぶりの真っ黒なサングラスをかけ、スーツやグローブなど、すべて黒一色に統一した絶対的なこだわりをもった装いでした。そして、首元のしわを隠すように、顎下線ぎりぎりまでの高い襟の白シャツを着た独自のスタイルは、誰にも真似のできない彼のトレードマークでした。たとえ、太陽の光のない部屋でも、彼はサングラスを外すことがなかったのは、それが「彼の顔」だったからです。彼は、顔の長所も短所も、そのサングラス一つで個性を引き出し変身させることを、ファッションとして追求していたまさにアーティストでした。

パリには、メガネブティックがあちこちにたくさんあります。それだけ、フランス人のメガネ人口は多いのです。わたしが思わず振り向いてしまうようなおしゃれな人たちは、男女にかかわらず、意外にもそれは、メガネをかけている人でした。頭の先から足の先まで、とにかくメガネの魅力を活かしたトータルコーディネートなのです！　彼らの「メガネの色」と「顔周りの小物」の色合わせは、見事です。たとえば、メガネとリップの色を合わせたり、耳元のピアスの色や、スカーフの色遣いと合わせたり……。その効果で顔映りもパッと華やかになります。

そして、彼らはメガネのイメージに合わせて、自分の個性までも作り上げる。まさにメガネで、新たな自分のオリジナリティを楽しんでいるのです。

日本では、度付きのメガネよりも、圧倒的にコンタクト派が多かった昭和の時代は、女性がメガネをかけることが、まるでマイナス的要素でした。だから、わたしはメガネでコーデを楽しむフランス人たちに出会って、あまりの新鮮なコーディネートの素敵さに感動し、刺激を受けたのです。彼らにとってメガネはファッションの一部であり、まさに「ジュエリー」ともいえるファッションに欠かせないリュクスな小道具のひとつだったのです。

「世界の鯖江」といわれる素晴らしいクオリティーのメガネの名産地が福井県にあります。そんな日本製のメガネがパリのウインドーに陳列されると、街に溶け込んでさらに魅力的に見えてくるから不思議なもの。

わたしは、度付きのメガネには縁がないのですが、彼らの影響を受けて、サングラスは10ユーロで購入したものからブランドものまで、ファッションとしていろいろと集めています。やっとこの年齢になって、服をセレクトするように、メガネセレクトも上手になり、自分に似合う色や形、レンズの大きさがわかってきたところ。それまでは、小柄なわたしが、全体のボディーバランスを無視して、サイズが大きすぎるサングラスや、いかついデザインのものをカッコよさだけで購入していました。でも、ここ数年のわたしの定番は、小さいサイズまで揃う「LANVIN《ランバン》」や、「鯖江のメガネ」です。グラスの色をブルーやシルバーグレーなどに変え、その日のファッションコーデに合わせて楽しんでいます。

メガネは、価格も、お値打ちなものから高額なものまでピンキリです。まさに高価な指輪やネックレスと同じ「ジュエリー」のような存在で、ファッションとして、ワンラクアップした装いが誕生します。たとえシニアになっても、メガネで新たな自分を楽しめるのはなんだか魅力的だなあと思います。

こんなおしゃれな小道具がひとつあれば、自分の顔の「短所」も「長所」に変えてくれるのです。まるでマジックのよう！　そして、カール・ラガーフェルド氏のように、メガネを「自分の顔」として魅力を引き出すことだって可能になるのです。

メガネのメリットや素敵さをもっと知って、あなたならではのオリジナルファッションを作ってみるのも楽しそう！

パリは街の娼婦だってファッショナブル

タバコを吹かしながら、艶めかしく古道で客待ちをする高級毛皮を身に纏う女たち。セクシーな姿とはいえ、それなりにファッショナブルな装いで、その道ならではのおしゃれはお手のもの！　そんな娼婦たちのプロフェッショナルなファッションを、わたしはたくさん見てきました。

メトロに乗って、Strasbourg《ストラスブール》 Saint《サン》-Denis《ドニ》 駅の地上に出ると、そこには凱旋門のプチバージョンともいえるパリでもっとも古い、サン・ドニ門が聳え立っています。それは、ルイ14世の戦勝を祝って1672年に建てられた、このエリアのシンボル的存在です。

わたしが仕事をはじめたばかりの1995年頃、このエリアには、巧みな商売をするユダヤ人がとくに多く、アフリカ、アラブ、インドなど混ざり合った異文化と言語が飛び交うおもしろい場所でした。そんなサン・ドニ門の周辺の古道には、昼間からセクシーなファッションスタイルの娼婦たちが、4、5メートル間隔に立ち並び、客寄せをしていました。決してそこは、若い日本人女性が一人で歩けるような治安のよい場所ではなかったと思います。とはいえ、わたしはこのエリアに、これまで30軒以上もの取引先をつくってきました。なので、この未知なる世界へ行かざるを得えなかったのです。それと同時に、彼女たちのプロフェッショナルなファッションと、リアルな商売のやり方も否応なしに目にしてきました。わたしは、そんな異国の物珍しい環境も楽しんでいたのかもしれません。

とても驚いたことに、よく見るとそのマダムたちは、決して若くありませんでした。若さをよしとする日本では考えられない年齢！　なんと40代、50代、60代のマダムたちだったのです！　わたしはこんなマダムたちに唖然としました！　なぜなら、この仕事は若いときが旬だと思いこんでいたから。フランスでは本当に年齢の「枠」なんて関係ないということがよくわかります。男性も「熟女」のよさを認めているわけです。

日本では一般的に人生を卓越した油ののったマダムよりも、ワインでいえば酸味の効いた「若さ」を良しとするところがあります。女性が社会に進出してきたとはいえ、「歳を重ねれば、もう使い物にならない！」と、言わんばかりの男性や経営者もまだまだ多いように思います。それは、年齢を意識しすぎる日本の就職状況を見ても一目瞭然です。たとえば、やっと子育てを終えて、「さあ！　これから働いてみよう」と望む日本人女性はますます増えているにもかかわらず、就職枠は年齢制限された狭き門なのです。そこは、年齢を受け入れるフランスとはかなり違いを感じています。「日本はいつになったら、年齢から解放された自由な国になるのかしら？」と、長年思いつづけています。

「わたしはね、ワインのように何十年も寝かせてきた女。酸味のバランスだって、それが絶妙な味わいになって、エレガントな旨味を感じるわけよ。だから当たり前よ。わたしがモテるのは！」と、顎をツンっと上げて、わたしを見下すように見ていた堂々たる娼婦たちの自信ありげな顔つきは忘れられません。

エナメルのブラックベストに同素材のミニスカート。胸元は、メロンのようなおっぱいを半見せし、艶めかしいブラックの網タイツに包まれた美しいおみ足は、太ももまでのロングブーツスタイル。そんなＳＭのようなファッションに、エレガントなフォックスや高級ミンクの毛皮を羽織り、雪の降る日も最高の女を演じ、華やかに彩っていました。

日本文化のなかで育ったまだ若いわたしにとってみれば、「え！　こんなおばさんたちが？」だったのです。でも今から考えると、マダムたちはとても女性らしく上品でエレガント。それなりのＴＰＯで、その道の最高のファッションだったのです。

わたしは異文化の時が流れるこの街に数えきれないほど通い、いつの間にか「Angel!《アンジェル》ボンジュール！」と、いろいろなところからお声が掛かるほどになっていました。年月とともに、ユダヤ人は次第に減っていき、中国の商人が街を占拠し、わたしが見てきたあのおしゃれなマダムたちは、今や消え去りました。

こうして、わたしはパリの移りゆく時代の背景を、こんな街からも感じてきました。まさに、わたしに度胸と度量をつけてくれた街！

パリマダムは「お気に入り」をもっている

パリには路面店のブティックだけでなく、オペラ座近くには、素晴らしい老舗の百貨店もあります。ヨーロッパ最大級のギャラリー・ラファイエットや、1985年設立の古い歴史をもつプランタンなどです。いつも外国人で賑わうパリの百貨店のパワーには、本当に圧倒されるほど！　百貨店の客層をみていると、パリを訪れる外国人の流れもよくわかります。ある日、あのギャラリー・ラファイエットが、中国人観光客のために貸切営業になったときは、わたしも驚きました。

日本と同じように百貨店のメリットは、今晩の食材までついでに買うことができる、お得なセールなどいろいろあります。でも、もっと優雅に、ゆったりと服をセレクトしたいパリマダムたちは、やっぱり「お気に入りのブティック」というものをもっているのです。お店のオーナーのセンスのよさが光るセレクトされた服、そのファッションコーディネート力や店内のインテリアなど、オーナーのこだわりがぎゅっと詰まった独自のスタイルが魅力です。

パリマダムたちは、お気に入りの美容室やネイルサロン、ブーランジェリー（パン屋さん）、カフェ、公園まで行きつけをもっています。とにかく、自分の好きな人と好きな場所へ行く！　自分にあったスタイルを追求し、日常をより心地よく過ごすことに貪欲です。

わたしがとても感心したのは、「お気に入りの公園」まであること！　何のために公園に行くのかというと、日向ぼっこをするため。気の合う仲間が集まって、美しい緑を見ながらの日光浴とおしゃべりの時間を大切にします。それも、大の大人が芝生の上に寝転がって本を読んだり、昼寝をしたり、愛を語りあったり……。ただ太陽を浴びてボーっとする。わたしもいつの間にか日曜日の午後になると暗黙の了解で、リュクサンブール公園でお日様を浴びながら、シエスタ（昼寝）をするようになっていました。

「ボンジュール」と扉を開けて入れば、必ず笑顔で店員さんが迎えてくれるのが、パリのブティック。他人の家にお邪魔するようなものだから、気持ちよく挨拶をしましょう。帰るときは「Merci《メルシー》（ありがとう）、Au revoir《オル ヴォワー》（さようなら）」も忘れずに！

実は、こんなブティックでの「ボンジュール」の挨拶から、ご縁が生まれます。店員さんやオーナーと会話をするきっかけになり、ショッピングが楽しいものになるのです。わたし自身、つい最近入ったパリのブティックで、香水に興味をもって眺めていたら、店のオーナーマダムと会話がはじまり、「あなたがもし気に入ったら、南仏の工場を紹介するわ」という話にまで発展しました。

パリから直輸入するセレクトショップAngel《アンジェル》は、120％パリのエスプリを感じられる世界です。お客さまと一緒に服をセレクトし、ともにコーディネートしていく時間のなかで、わたしはそんな会話を何より大切にしています。なぜなら、お客さまとの会話のなかから、自身のファッションスタイルや生き方が見えてくるからです。

そこには、販売だけになりがちな百貨店にはない特別な魅力があります。それこそが、ブティックならではの強みだと思っています。こうしたファッションアドバイスとともに、ふとした会話を大切にすることで、たくさんの方が自信をつけてポジティブに、笑顔の人生に好転して行く姿を、長い間見てきました。

ファッションコーデのあのカッコよさは、フランス人たちにはとても追いつけない。だけど、自分らしさをファッションで表現することは、わたしたちにもできます。それが「個性」ですし、自分らしい生き方にもつながりますから。

ぜひ、あなたも勇気を出して、ブティックの重い扉を開けてみてくださいね。

人生の新たな扉を開けるように、きっと別世界が見えてくるでしょう。

Ⅱ　パリでつくるオリジナル

好きなことを仕事にして生きる

わたしは今の自分の仕事が好きです。心が折れそうなことは、数え切れないほどあったけれど……。好きだからこそ、わたしはこの仕事を30年も飽きずに続けてくることができたのだと思っています。今までずっとやってきて、あらためて本当によかったなと思うことがあります。それは、社会に貢献できていることです。日々、喜んでくれる人が目の前にいることが達成感と満足感につながっています。

「ありがとう」と言える相手がいること。「ありがとう」という言葉は、感謝の気持ちとともに、自分の満足感と喜びが、第三者に伝わる美しい音色だと思っています。逆にそれを受け取る側も、その人の心の温もりを感じ取ることができて、幸福感は伝染しているはず。

まさにそれは、相手あってこそ生まれる感動です。

わたしは、これまで約３０００人のお客さまのファッションコーディネートをしてきました。そして、彼女たちの人生の悩みも一緒に聞いてきました。買い物をしてお店から帰るときの「Kaoriさん、ありがとう。またね！」と生き生きした満面の笑顔、滲み出る満足感は、今やわたしの人生の生き甲斐ですし、大切な宝となっています。

彼女たちの喜びの感情を、わたしは自分の心のファイルに大切に貯蓄しています。稼いだお金を銀行へ貯蓄するのではなく、皆さんのハッピーな想いの貯蓄です。それがどんどん膨らんで、わたしの心の満足感に、さらには仕事の充実感につながっています。

わたしは、皆さんにたくさんの元気をいただいているのです。まさに、エネルギー交換で仕事がうまく循環していることを感じています。決して、資金の循環だけではないのです。

フランス人を見てなるほどと思うのは、みんな自分の好きな仕事についているということです。フランスでは、日本のように大学を出たからといって、すべての学生がすぐに就職するとは限りません。たとえば、「ギターリストになりたい」「画家になりたい」と思ってもすぐになれるわけではありません。とはいえ、彼らは肩書きや収入額で仕事を判断するのではなく、本当に自分のやりたいと思う仕事が見つかるまで、それに関連する好きなアルバイトや手伝いをしながら、その時を楽しみます。ギターリストであれば、ギター職人の下で働く。画家になりたければ、美術館で仕事をしながら絵を学ぶ。そんな若者も多いのです。

最近は、ＳＮＳのなかで、ＦＸ取引や株式投資で利益を上げることをメインの仕事にしている人たちも見かけます。これも、大金を儲けるためのテクニックを磨くのは大変なこと。本当にすごいなあと思います。でも、いつもパソコンの中の統計グラフを眺めている毎日。これだけの仕事で、お金を稼ぐなんて、本当に人生が楽しいのかしらとも思います。「ありがとう」と言える相手はいないわけですし、社会に貢献しているという達成感や、仕事から生まれる充実感はあるのでしょうか？

それよりも、わたしは社会に出ていろいろな人に出会い、揉まれて、ともに苦しみ、ともに笑える、そんな仕事の方が楽しそうだし、充実感を得られるように思います。あなたはどう思いますか？

とはいうものの、わたし自身「楽しい！」「大好き！」と思える仕事でもなかった平凡な銀行員でした。使ったこともなかった苦手なそろばんを弾き、１０００万円のお札をバサバサと数えることが毎日の仕事でした。でも振り返れば、学生のときに強く銀行を希望したのはわたし自身。理由は、いわゆる日本でいう世間体の良さ、お墨付きでした。

そんな銀行で、いつも時間に追われスピードを競うように修業させられました。そのお陰で、下手なそろばんも得意になり、お札を数えさせれば迅速で正確。定期や融資の資金の基本的な流れを学び、わたしの入れる煎茶は最高に美味しく、日本茶のサーブの仕方から、笑顔でのお客さまの対応まで完璧になったのです。今思えば、とくに好きではなかった仕事。

でもそれは、これまでの人生の道のりのなかで、わたしの会社経営のためにはとてもプラスになっていたのです。「人生に決して無駄はない」と言うように、過去を振り返ると、この時点で将来とても役に立つ経験をしていたわけです。「自分がやりたい夢」を天に掲げた時点で、魂は今後の人生の流れをちゃんとキャッチしてくれていることを実感します。なぜなら、この時のわたしは、パリのおしゃれマダムに憧れ、銀行員でありながらも「27歳でフランスに行く」という想いを漠然ともっていたからです。

あなたが、もし、今の仕事を辞めるときが来たら、それは次にあなたがめざすものがクリアになったとき。人間関係のわずらわしさだけで仕事を辞めて、他の仕事にスイッチしたとしても、また同じことを繰り返すでしょう。めざす夢や、将来やってみたい仕事は、今あなたがコツコツやっている毎日のなかにすでにあるということ。あなたは、その「人生のフルコース」の途中にいるのです。

わたしも20代の銀行員のときは、将来自分がどうなるのかなんて、フルコースの「メインディッシュ」さえも見えませんでした。目の前のこと、「前菜」だけに無我夢中だったのです。でも、あれから30年以上経った今の地点から、過去の自分を見たときに、あの時点で「わたしは、パリで仕事をする。ショップを経営していく」という道しるべは、もうすでにできていたのだと確信できます。

もちろん、人生のフルコースは「デザート」まであるわけですから、まだ、わたしの人生は終わってはいません。今も続行中！　さらなる未来に何が起こるのか？　フルコースの先は天だけが知るシークレット。だから、わたしは自分のやってみたいさらなる夢を、いつもちゃんと天に掲げてあります。


あなたの今の仕事を、振り返ってみてください。

きっと、あなたが好きなことを仕事にして生きる将来も、もうすでにはじまっています。

たとえ、主婦であろうと、還暦であろうと、年齢は不問です。

バクチのようなパリでの買い付け

「海外で仕事をしてみたい」「ショップをやってみたい」

そう思ったとき、まずはマーケティングの勉強をしたり、販売資格をとったり、語学の勉強をしたり、いろいろな下準備をすると思います。でも、わたしは、大の勉強嫌い。いっさいの勉強はしない。資格も取らない。ただただ、好奇心とパッションだけで、「まずは何でもいいからやってみようの精神」でチャレンジしてきました。

おまけに、パリで服を買い付けるノウハウや、海外でビジネスを展開していく手段なんて全く無知のまま、パリでの仕事をはじめました。その時は、若さでどうにかなったのかもしれません。でもそれを教えてくれるような先輩は、誰一人いませんでしたし、すべては、自分のオリジナルビジネステクニックで展開していきました。

パリでのビジネスのすべては、「見よう見真似」からはじまったのです。メーカーやデザイナーの開拓、郵送や輸入の税関の手続き、商品の値段の付け方からディスプレーの仕方まで……。正直、フランス語で書かれた税関書類なんて、何も理解できず、思い返せば、苦労も葛藤もいっぱいでした。あの頃はまだスマホなんてない時代でしたから。
でも、人間って不思議なもの。「好奇心」さえあれば何とかなるものです。

「パリマダムって、本当に素敵！　わたしも、いつかマダムのようにエレガントに、あんなファッションコーデにチャレンジしてみたい」

わたしは、マダムたちの素敵さを、パリに通うたびに見て学んでいきました。チャームポイントを活かしたメイク法、エレガントな足の組み方、上品な話し方や食事の仕方、ファッションだけではなく、あらゆる角度からパリマダムたちを見て研究しました。
すべては、見よう見真似で、美しい挨拶の仕方やビジネス交渉の仕方、スマートな決済法など、自分流に学んでいきました。パリ出張はいつも女一人のハラハラドキドキの旅でしたが、そのスリルは満点。「見て学ぶ」ということの楽しさを覚えていきました。

１９９５年から２００５年頃にかけては、パリの卸問屋とともにファッション業界が全盛期の時代でした。パリの街は全世界から買い付けや見本市に来る、数えきれないほどバイヤーやショップオーナーで賑わいました。

２００５年頃に、「KOSMICA《コスミカ》」というパリのプチブランドがヒットし、世界のバイヤーとの商品ピックの競い合いとなりました。まるで「ここはセール？」と思えるほど、わたしの目の前でイタリア人やドイツ人のバイヤーたちが車を買うような金額で決済し、バンバンと飛ぶように売り捌かれていきました。

小さな日本人のわたしは、その人の多さにいつも埋もれて四苦八苦。

「Angel!　次々にトラックが来るから、よそ見してたら、商品はなくなるよ。欲しいと思ったら、その時だよ！」

わたしは背伸びをしながら、商品をピックするために大きな体の外国人たちのなかに紛れ込み、その瞬間にいつも無我夢中でした。

工場から到着する大型トラックのなかには、５００点以上のコートやジャケットなどの商品がぎゅうぎゅうにラックにかけられ並んでいました。メーカーの玄関口から運ばれようとするそのラックに、まるで商品を奪い合うような光景、そんなバブル的なシーンを体験してきました。

とにかく、「今と思ったら今！」。後からなんて考えていたら、自分の欲しいものにはもう二度と出会えない。10分後には数百点もの商品がラックごと一気になくなる状況でした。

そう！　わたしの仕事に「待ったはない」「悩まない」。「OUI《ウィ》」か？「NON《ノン》」か？　一か八かの賭けごと。まるで「バクチのような買い付け」だったのです。

直感で今やりたいと思ったことは、待ったなしで行動に移すこと。それが成功の秘訣であることを、こんなパリの仕事から学んだのでした。

思えば人生だって、未来の見えないことをいつも「白」か「黒」か選択しながら生きているわけですから。

健康美の恩人マリアとの出会い

高貴で神秘的な美しい紫色の絨毯が果てしなく広がる南仏プロヴァンス地方は、６、７月になるとラベンダーの香りに癒やされます。ハーブの名産地としても知られるプロヴァンスには、おとぎの国のような南仏ならではの可愛らしい Chambre《シャンブル》 d'hôte《ドット》（フランスの一般家庭の宿泊施設）があちこちに点在しています。

「いつか、こんなところに実際に行けたらいいのになあ。こんなハーブ生活に触れてみたいなあ」

とにかく、わたしにとって、プロヴァンスに憧れる夢はいっぱいありました。銀行員時代には、いろいろな雑誌を切り抜いて、そんな美しいプロヴァンスの景色を何冊もファイルにし、おしゃれパリマダムとともにコレクションを作っていました。毎夜、寝る前にそれを眺めては想いにふけっていたほど、ゾッコンになっていました。

わたしのそんな願いは、パリでファッションの仕事をはじめた頃から、年々現実に近づいてきました。ついに２００３年、画家のゴッホが晩年描いたアルピーユ山脈から、フランスでもっとも美しい村といわれる中世の城塞都市レ・ボー・ド・プロヴァンス、ゴルド、ルシオンなど夢にまで見た絶景を、レンタカーで走り抜けたのです。オリーブの木立やブドウ畑の広がる渓谷、色鮮やかに咲く野花……。こんな大自然の景観に、この美しい村は溶け込んでいました。

ゆったり流れる時間は、日本でミツバチのように働くわたしの慌ただしさを、すべて忘れさせてくれるような癒やされたときでした。

それ以来、プロヴァンスの豊かな大地から採取されるハーブを使った健康法、ハーブティーや料理、南仏のかわいらしい部屋のインテリア、プロヴァンスマダムたちの生活スタイルなど、すべてに興味をもち、一気にこの大自然の魅力の虜になりました。

それからというもの、パリでの仕事が終わるたびに、TGVで3時間かけて南下し、プロヴァンスじゅうのチャーミングなシャンブル・ドットを訪ねて旅を重ねていきました。

そしてある日、奇跡的な出会いに遭遇したのです。

「こんなにプロヴァンスに来るのだから、プロヴァンスのハーブを扱う石けんが見つかるといいね」

当時のビジネスパートナーのミッシェルと話していた矢先のことでした。

２００７年夏、このプロヴァンスの地で「オーガニックのハーブ石けん」を作る農科学者のマダム・マリアに出会ったのです。彼女は、長年ひどいアトピーを患い、皮膚炎に苦しんでいたフランスマダムでした。自分の治療のために自ら必死にハーブを研究し、自宅のガレージをアトリエにして、この大地で採れた天然材料で石けんを作っていました。

「突然ですが、あなたのアトリエを訪問してもいいですか？」と電話で尋ねたところ、

「もちろん大丈夫ですけれど、お店があるわけでもなく、本当に小さな場所で石けんを作っているだけです。それでも、よかったらどうぞいらしてください」と道標を示してくれました。

わたしは、ミッシェルと二人で彼女のアトリエを訪ねることにしました。そこは、Aix-en-Provence《エクス アン プロヴァンス》からさらに50キロほど離れた人口数百人の小さな村でした。恐る恐るたどり着いたところは、馬も、羊も、鶏も、猫も、みんなのびのびと放し飼いにされ、広大な庭のあるのどかなメゾンでした。背後には、画家セザンヌが描いたサント・ヴィクトワール山がそびえ、ワイン畑が広がる大自然の地！　そこでマリアは、まるで料理を作るように石けんを手作りしていました。

「どうぞ入ってください。こんな小さなところですけれど、ここで石けんを作りはじめて一年なんです」

扉を開けて、ガレージに入ると、「まあ、なんていい香り！」。そこは、天然パルファン（香水）の広がる別世界だったのです。何十種類ものハーブやエッセンシャルオイルのミックスされた華やかでなんとも奥ゆかしい香り。本物の天然植物成分の香りが部屋じゅうに漂っていました。そこで呼吸するたびに、香りが一気に血管を巡るかのように、わたしの全身は心地よさに包まれていったのです。

これこそが「本物の天然パルファン！」

今まで、香料や添加物の入った香りしか知らなかったわたしにとって、「これこそが本物なんだ」と、クリアでやわらかく、優しい植物の香りに、大きな衝撃を受けました。

マリアは、南仏で採取される天然オリーブオイルをベースにした石けんを作る工程を情熱的に語ってくれました。それは、わたしが過去に見てきた、ただ洗浄や保湿するためだけの石けんとは全く違っていました。自然治癒力を高めることを目的にしたものだったのです。タイム、ミント、ローズマリー、ゼラニウムなど、南仏プロヴァンスの大自然のなかで採取されるハーブやエッセンシャルオイル。さらに、クレイ（粘土）をコラボしたものなど、それぞれの石けんによって異なる効用がありました。マリアの石けんレシピは、なんと約１００種類！　まるで料理のレシピのように石けんを作っていました。

この出会いをきっかけに、わたしは太陽や植物の恵み、天然の力の偉大さに気づかされ、石けんやハーブに対する想いは一気に変わりました。わたしたちの日常生活のなかで、治癒力を改善していくためにも、なくてはならないものであると。

そして、「健康を維持するためのこんな素晴らしいものをこのままにしてはおけない！日本のお客さまに、マリアが作る本場のハーブ石けんの素晴らしさを伝えなければ！」と思うわたしのパッションはどんどんヒートアップし、一年も経たぬ間に、「Savonnière《サヴォニエール》」として日本へ輸入することが決定しました。

「よかったら、お茶でも飲んでいきませんか？」

マリアは、完全にオーガニック主義の生活ぶりでした。通された家は、南仏では珍しく木で作られた温もりのある癒やしの空間。窓の向こうに見えるのは緑いっぱいのジャルダンと圧倒される美しいモッコウバラ園。そして、わたしがいただいたのは、フレッシュなミントのハーブティーと、マリア自らが焼いたオーガニックのシンプルなクッキーでした。出会ったばかりのマリアは、アトピーの症状で腫れぼったく赤らんで痛々しい顔をしていました。健康美を追求する徹底した食生活と、自らが作る身体に優しいハーブ化粧品のおかげで、すっかり体質改善されています。そして、今では60代に見えないほど、若さと美しさが戻っています。

その数か月後、マリアの工房は、フランス最高峰のオーガニック認証団体である

「Nature & Progrès《ナチュール エ プログレ》」の認定資格を取得しました。有機農業運動を推進する大きな組織で、人と自然との共存、自然界のバランス、生態系を崩さない、１００％自然素材を使用するなどの１００以上の厳しい条件をクリアした資格です。当初は、まだ世界に40社ありしかなかっただけに貴重なことだったと思います。

マリア自らの「アトピーを治したい」という情熱からはじまった素晴らしい愛の結晶は、今も受け継がれています。わたしがはじめて出会ったときは、まだ高校生だった息子さんがマリアを引き継ぎ、石けんを筆頭に新たな美容オイルなどの新商品を開発中です。

世界にひとつのオリジナルにこだわる

今の時代だからこそ可能になった、わたしにとってパリでのおもしろい仕事があります。それは、オリジナル商品を作ること。そして、日本で楽しみに待ってくださるお客さまに向けて、それをパリからSNSを使って発信し「受注会」を行うことです。これは人気をいただいています。

反物から厳選して仕入れ、手持ちのパターン（型）でオリジナルのパンツやスカートなどをパリの現地で作っています。

2020年のAngel《アンジェル》25周年記念のときには、ジュエリーデザイナーとコラボして、天使の羽根のペンダントを作り、オリジナルロゴを入れて受注会を開催しました。また、レザーデザイナーと革製品を作ったり、ニットデザイナーとコラボして、ヒマラヤでシックなカシミアのセーターを作っては直輸入したり……。直接、人の手のぬくもりを感じるパリのデザイナーの価値を評価し、ご縁ある人とオリジナル作品を作っています。それはパリだけではなく、日本の伝統を守る瀬戸焼でも行っています。愛知県瀬戸市の陶芸家で、背戸窯22代目の加藤令吉さんとコラボして、当店のオリジナル茶碗や湯呑みなどを作って販売しています。

オリジナルにこだわる一方、お店の商品はトラッドになりすぎず、トレンドにとらわれすぎずのバランスで、パリのプチブランドを20社ほど織り交ぜています。着心地、素材、色彩、デザインにこだわり、「コーディネート次第で個性を大切に表現できる服」をコンセプトに、「パリのエスプリ」を店頭にぎっしり詰め込んでいます。

「Kaoriさん、今度はいつパリに帰るの?」

日本に帰って来たと思ったら、またすぐパリへ戻り、パリに行ってもまたすぐ日本へ戻る。このことは、お客さまがいちばんよく知ってくださっています。

わたしには、時間、費用、労働力をかけてパリまで行く理由があります。それは、直接、握手して、ハグして、笑顔いっぱいのデザイナーやメーカーさんのハートをいつも感じたいから。会話をしながら、商品を見て、触って、五感で感じるということがとても大切だと思っているからです。現地からSNSで受注発信するきっかけも、そこにあります。

ここ20年余りの間に、ネット環境は、ずいぶん進化してとても便利になりました。どこにいても、世界じゅうの商品の購入が可能ですし、LINEや、Whats Appなどのアプリのお陰で通話料もかからず、ビデオ電話もできます。今や便利なアプリもたくさん、翻訳機能までありますから。本当に何でも苦労なく簡単にできてしまいますね。

パソコンもスマホもない時代に、パリでわたしが「こんな世界になったらいいのになあ」と願っていたことがまさに叶っているのです。

パリで見つける素敵な商品の写真を直接、スマホでお客さまにお届けできる！　今やそれが現実となって、パリでオリジナル商品の受注をとっているのですから、テクノロジーの日進月歩に驚くばかりです。


そんなパリからの「一点もののオリジナル商品」とは逆に、「便利」を優先して大量生産される流行の「ファストファッション」というものがあります。誰もが一着は、持っていてもおかしくない人気ブランド、ZARA、H＆M、GU、ユニクロなどです。最近、パリで見たZARAのクリスマスディスプレイは、ブラックのスパンコールファッションがとても華やかで目にとまりました。確かに、気軽に洗濯ができて、便利でお値打ち。逆に3年も着れば、十分満足できそうなくらい。だから、着倒して終わりにするような服なのかもしれません。良質なモノや高価なファッションの付属品として、また出かける先のカジュアルシーンによっては、とても便利なブランドだと思います。

でもこれらは、一生大切にできる良質なモノや、本当に自分の気に入った愛着がこもるオリジナルのモノとは、少し違うように思います。パリマダムたちのファッションを見ていると、上から下まで全身「ファストファッション」で固めている人はいません。コンビニのパンより、行きつけのブーランジェリー。服もファストファッションより、百貨店より、行きつけのブティックなのです。

安くて便利な「ファストファッション」と、良質で一生モノにしたいコートやジャケット、定番のパンツなどの「最高にお気に入り」のモノとをうまくマリアージュしてコーディネートする。ときには、古びたヴィンテージものと。

そんなパリマダムたちのように、「良いとこ取りのセレクション」こそ、わたしはおしゃれで素敵だと思うのです。

デザイナー、職人さんとの仕事

早朝のパリ。取引先のケビンが家まで迎えに来てくれました。「Bonjour!《ボンジュール》 Kaori, アパルトマンの前に到着したよ」とスマホからのメッセージを受け取ったわたしが、窓を開けて見下ろすと、ケビンが車から降りて手を振って待っていました。

そう！ 今日は、彼が案内してくれるマル秘工場へ革の反物を探しに行く日。ジレ（ベスト）を作るために、わたしがこよなく愛している念願の山羊革が見つかるかもしれないということで、案内してくれることになりました。ハラハラとワクワク感を抱えながら、彼の小さな車スマートに乗り込んで出発。いつも渋滞するパリの街には、こんなサイズ感の車がちょうど良い。小回りがきくし、どこにでも路駐できるのが最高のメリット！

この日の案内人、運転手のケビンは、毛皮の事業を運営するMAISON PELLESSIMO《メゾンペレッシモ》の2代目社長。彼のお父さんの時代から取引がはじまり、25年以上のお付き合い。パパ時代からの信頼のお墨付きをいただいて、今はケビンとオリジナル商品を作る仕事もしています。

気前の良い彼は、わたしの息子のような年齢にもかかわらず、ビジネス相談にも乗ってくれます。ときには、彼の家族とアトリエでテーブルを囲みランチをご一緒することも。

こんな予期せぬシチュエーションに、計画を急転換しながらも歓迎してくれる彼らのあたたかい思いやりに、いつも嬉しさと感謝の気持ちは絶えません。今となっては、長年のフランスのたくさんの仕事仲間も、まるでお互いがプチファミリーのような気持ちでアダプトしています。突然起こり得るいろいろな人生のシーンは、型にハマらず、自由に、ニュートラルにいるからこそ、楽しさを感じられるのだと思います。わたしがフランスを好きなのは、こんなところでもあります。

ケビンとパリの街を走って40分。彼の将来の夢の話を聞きながら、はじめての工場に到着しました。「Bonjour!《ボンジュール》」。まずは、そこで働く職人や革の反物を販売する担当者にご挨拶。そこは、大きな車のガレージを改造したようなシンプルな工場で、30メートル先まで続く長い棚に、積み重なるように1000以上もの革の反物が陳列されていました。

革といっても、羊、山羊、鹿、豚、牛、蛇……。こんなにもいろいろな種類があります。丈夫で柔らかい鹿革は、メンズのブルゾンやグローブとして使われます。デリケートで、やわらかく軽さが魅力の山羊革は、春夏物の薄手のブルゾンやジレ、スカートなどに適しており、アイテムによって革を使い分けて作ります。わたしは、そんな大量の反物に圧倒

されながら、今回の目的のものを探していたら、

「Kaori、この辺の革はどうですか？」とケビン。

「いやいや、それは羊でしょ！　わたしは山羊を探しているのよ」

興味のある商品を探しているときは、全神経が集中し、体の細胞の一つひとつが開花しはじめるように目が爛々と輝いてくるのです。まるで若返るよう！

わたしは、その工場の担当者におすすめの革を聞いてみました。すると、彼は奥の部屋に置いてあった段ボールを開けはじめ、「今日届いたばかりの山羊革があるけれど、これはどうですか？」と見せてくれました。それは、まさにわたしが探し求めていたシックで上品なスエードの山羊革！　それも、見つけることがなかなか難しいフレンチライクなカラーのTABAC《タバ》（たばこ色）。もうひとつは、日本女性にピッタリの品よく控えめな色合いのTAUPE《トープ》（もぐら色）だったのです。

「これに決めたわ。わたしはこれを買います！　この一反で何枚のジレが作れるか計算してください」

ケビンは、わたしが作りたいジレやパンツのパターン（型）のサイズを確認し、この反物から何枚作れるかを計算してくれました。

そんな彼らとの奇跡的な連携プレーで、わたしは欲しかった反物に出会えたのです。そして、わたしは待ったなしに、日本のお客さまに向けて素敵な反物を見つけたことを報告し、SNSを通して受注をはじめました。受注の期限はたった3日間。なぜなら、世界中から反物を買い付けにくる工場ですから、明日にはもうすべて売れ切れ。時間差でどんどん反物が捌かれてなくなっていくからです。この注文を受ける3日間というのは、反物がもうなくなるかもしれないというプレッシャーを抱えながらのこと。だからこの時ばかりは、良いものを見つけた興奮と同時にいつもスリルとの狭間にいます。

お客さまの注文を受けた後は、職人にデザインを指示して、制作に取りかかります。出来上がったすべての商品が、無事に日本へ輸入され、Angel《アンジェル》で検品を行うまでは、この仕事から力が抜けません。なぜなら、日本では考えられないような間違いも多いから。

お客さまにとって、目に見えないものを日本からオーダーすることは、絶対的な信頼関係がなければできないことです。パリで特別な仕事をすることができるのは、海の向こうで待っていてくださるお客さまの熱い想いと、わたしとのテレパシーが通じ合っているからだと思っています。

彫金師フローレンス

シルバービジューを、華麗にゴージャスに装う夜のエレガントなパリマダムたち。モノトーンのファッションに、大ぶりのブレスレットやネックレスをマリアージュし、リュクスに大人の装いに、がらりと変身させる技は見事です。一見、カジュアルになりそうなイメージのシルバービジュー。ダイヤモンドまで気取らず、自分の持ち味の個性を美しく輝かせてくれるのが魅力のひとつ。そんなシルバービジューの作品を作る生粋のパリジュエンヌ、彫金師のマダム・フローレンスと出会ったのは10年前のことでした。

パリに住む友だちに誘われて、興味心からふらりと行ってみた絵画展開催の前日に行われるオープニングパーティー、Vernissage《ヴェルニサージュ》での出会いがきっかけでした。

急なお誘いだったので、わたしは、もち合わせのビジューも気の利いた小物もとくに持っていませんでした。あり合わせの真っ白なシンプルな日本真珠を、チョーカーのようにぐるぐると二重に首に巻きつけ、ジャケットにレースのブラウス、パンツルックの全身ブラックファッションでソワレに出席しました。そこには、蝶ネクタイのタキシード姿のエレガントなムッシュたちが溢れ、シャンパンを片手に展示された現代アートを鑑賞しながら、優雅に語りあっている光景がありました。わたしは、はじめてこんな高貴な場に招待され、胸のトキメキや戸惑いさえも感じながら、会場のメンバーたちとシャンパンを交わしました。

室内は薄暗く、色っぽいライトの明かりのせいでわたしの首元のパールはいつもより輝いているようでした。それに魅了された一人のフランス人男性が近づいてきたのです。そして「美しいパールだね」と褒めてくれました。

「日本のパールに興味をもつなんて！　お目の高い方！」。わたしはそんな彼に興味をもって話を弾ませました。「わたしのお店の名前はAngel《アンジェル》なんです」と話すと、「それはすごいご縁だ！　僕の祖母の名前は、Angelっていうんだよ」と。

実は、なんと！　声をかけてきたこの男性は、フローレンスの旦那さま、ジベールだったのです。彼は、パリコレの舞台で活躍する熟練のカメラマン。全身ブラックの姿に、ブラックのドライビンググローブをはめ、アンティーク調の小ぶりなカメラをまるでビジューのように抱えていました。とてもおしゃれでダンディーな印象の紳士でした。

わたしが日本でショップを経営していることを話すと、「ぜひ、僕の妻に会ってほしい！」。そんな彼からの依頼を喜んで受け、トントン拍子に約束の日程が決まり、フローレンスと三人で会うことになったのです。

数日後、わたしはまた緊張をかかえながら、パリ6区にあるオデオンの小洒落たホテルのカフェバーに向かいました。「まあ、最高に素敵！」。自分の装いが恥ずかしくなるほどに、二人はともにヴァイオレットカラーで合わせたとてもシックな装いでわたしの前に現れたのです。そして、カフェの合間に彼女は大事そうに抱え持ってきた大きなジュエリーボックスの中身を見せてくれました。

それは、わたしが過去に見てきたカジュアルなシルバービジューとは、かなりかけ離れた大ぶりでカッコいい大人のリングでした。シルバーがこんなにも大胆にモダンに見えるのは、彼女のオリジナル彫刻の技ともいえるのでしょう。世界にたったひとつの彼女のデザインの数々が、宝石箱にぎっしり敷き詰められていました。

彼女はわたしに、リングやブレスレットなど、いろいろとはめてくれました。どれも個性的で、あえて輝きすぎる「石」が使われていないからこそ、シンプルでスタイリッシュにも見えました。それを身につける人の「内面の輝き」を映し出してくれる脇役になってくれるような存在を感じるビジューでした。

「ビジューはあなたの脇役！　なぜなら、ダイヤモンドはあなた自身だから！」

エレガントで、気取らない大人のビジューの身につけ方を、フローレンスは教えてくれたのです。

人生って、本当に不思議の連続です！　こんな縁があり、それ以来パリに戻って来る度に、フローレンスの自宅のディナーに招待されました。彼女はその度にフランス伝統の手作り料理を振る舞ってくれました。そして次第に彼女の家族とともにテーブルを囲むようになっていきました。

まさに、「出会い」が「出会い」を呼んでつながっていったのです。

最初はわたしの友人からのお誘い、その後は彼女の夫ジベールからのお導き……。

そして、今は、ビジネスパートナーであり、プライベートも知る10年の仲になったのです。わたしのアイデアのデザインを彼女に直々にお願いし、彼女が型を起こしては、ひとつのデザインができあがるまでに、何度も何度も打ち合わせを重ねていきました。

「フローレンス！　それはわたしがイメージするものと違うわ！　もっとこうしてほしいの。その方が日本人女性に似合うと思うから」

こんな議論をしながら、わたしの思うイメージに近づけて彼女とコラボするまでに発展しました。こうして今は、ひとつのデザインに一年近くをかけて、Angel のオリジナル商品を作ってもらっています。

天使の羽根の風合いが彫刻されたハート型のペンダントは、わたしのお気に入り。Angel の25周年記念のために、これも彼女と時間をかけて作り上げたものでした。今はさらに２０２５年の30周年記念に向けて、彼女と新たなデザインを考案中です。

まさかのご縁から、お店のオリジナルビジューが作れるようになるなんて、夢にも思っていませんでした。まさに「チャレンジしてみよう」と思って第一歩を踏み出す「勇気」と「好奇心」が、チャンスを生んでくれたのです！

誘われたご縁に感謝し、素直に受け入れることは「運命のチャンス」を導くコツだと思います。いつも、やんわりと「こうなるといいなあ」と自分の未来を想像していることが、いつしか現実化し、いつの間にか、その人生を作っていくのですから。

「出会いはわざわざ探すものではない。見えない風に乗って、運ばれてくるもの」わたしは、そう思っています。それに気づくも気づかざるも、それを掴むも掴まざるも、あなた次第。きっと、あなたの周りにもたくさんの「人生の出会い」が待っているはずです。

バーバラとのビジネスのはじまり

ミラノやパリのファッション見本市で、日本に輸入するための新たなブランド開拓をしていたときのこと。わたしは、「ストール」だけをひたすら作り続けて30年になる、デザイナーのパリマダムに出会いました。

2010年、パリ15区のPorte《ポルト》 de《ドウ》 Versailles《ヴェルサイユ》で行われていた見本市の会場で、スラリとしたスタイルに、スタイリッシュなストールを無造作に巻きつけ、笑顔いっぱいで自分の作品を紹介していたのが、マダム・バーバラでした。わたしは、その出会いをきっかけに、彼女の熱いパッションや、ものづくりのセンスの良さに惹かれ、毎年のように彼女に会いたくて会場へ通い続けました。そして、セレクトショップAngel《アンジェル》のためにストールをオーダーし続け、彼女との信頼関係を少しずつ深めていきました。

2015年、長いヴァカンスも終わり、9月に入ってフランス人の仕事がはじまる頃、「よかったらアトリエにきませんか?」と、バーバラから展示会の招待をいただきました。

「ヴァカンスは、どうでしたか?　こんがり焼けていい感じね」と、わたしが話すと、「家族と一緒に過ごせて楽しかったわ。ヴァカンス中の一か月は、何があってもいっさいパソコンを開かないことにしているから。仕事は何もしないのよ！　ただ海でボーっとできる時間は至福の時よね」と。

「なるほど……。やっぱり、そうだったのね」と、わたしは納得しました。

なぜなら、8月の終わり頃に、秋のストールの出荷日の確認をしたくて、彼女にメールを何度送っても、返事が全く返ってこなかったからです。どんなに勤勉な日本人にせがまれても、彼女はマイペース。

それは、彼女に限ったことではありません。フランス人はヴァカンスに入ると、仕事は全く顧みません。まるで子どもたちの夏休みのように遊びに真っしぐらなのです。最近は、わたし自身も「仕事ばかりせずに、何かに没頭して人生を楽しんでいる姿はすばらしい！」と思えるようになりました。

かつてのわたしは全く理解不能でした。フランス人たちのあまりにもゆっくりペースの仕事のあり方についていけませんでした。そして、そのストレスで、何度、帯状疱疹になったことか。

それ以来、わたしは「郷に入っては、郷に従え」の精神で、仕事の仕方も、考え方も少しずつフランス人のように変えていったのです。というより、変わらざるを得なかったと言ったほうが正しいかもしれません。

彼女と、そんなヴァカンスの話に花を咲かせながらお茶を交わし、本題の商品を見せてもらいました。

わたしは、彼女の新作を見ながら、

「バーバラ、あなたのすばらしい感性はどこからやってくるの?」と尋ねたところ、
彼女は、とある分厚いデザイン画集をわたしに見せてくれました。

「ここには、世界の美しいテキスタイルのデザインが載ってるの。日本の着物のデザインもあるわ。世界じゅうのありとあらゆる芸術に触れて、インスピレーションを貰ってるよ。それが大切なの」

そんなバーバラのアトリエには、そのインスピレーションから作りだされた100本あまりの色とりどりの新作のストールが、まるで絵画のように白壁に吊るされていました。

この日のバーバラは、紺色の良質なざっくりセーターに、真っ赤なラム革の細身のストレッチパンツ。そして、真っ赤な7センチヒールのパンプス。ボブカットのブロンズヘアーに、真っ赤な口紅。ルージュカラーがアクセントになった彼女のファッションは、とても

女性らしく、華やかでエレガント。まさに、パリジェンヌそのものでした。彼女は、壁にかかっている絵画のようなストールを手に取って、わたしに見せてくれました。

それは、180センチもある大判の真っ赤なシルクウールのストール。彼女はそれをなびかせ、自分の首にふわっと巻きつけました。

「まあ、ステキ！ きれい！ カッコいい！ あなたの今日のファッションにぴったりですね」。わたしは思わずテンションが上がりました。なぜなら、彼女の姿がアトリエと一体となって、まるで白いキャンバスに描かれた絵画のように美しかったから。

そして彼女は、一枚一枚、素材や柄について丁寧に説明してくれました。

「これは、日本の梅の花をイメージしてデザインしたものよ。幾何学的な模様とコラボしてモダンに作った作品ね」

「10年前は、クールなカッコいい色ばっかり作っていたけど、こんな陽気になれる楽しいローズカラーやルージュを入れたデザインも、最近は人気なのよ」

素材は、すべて肌に優しいナチュラルなもの。春夏ものは、ふわっと柔らかくて気持ちのいい「コットンとシルク」が混合した素材。秋冬には、あたたかくて艶感のある「ウールとシルク」が混合した素材。首周りに巻くデリケートなものだからこそ、そんな彼女の優しい想いとこだわりを感じます。

そんな、メード・イン・フランスの「ブランドTRAITS《トレ》 PARIS《パリ》」のストールに、テクニックは不要！　くるりと首に巻くだけで、あなた自身が絵になるほどの「デザイン力」だからです。

30年もストールをつくり続けている彼女の熱いパッションは、巻きものに慣れない日本人にも、きっと刺激を与えてくれるはず。

巻きものなしで、おしゃれははじまらない！

Ⅲ　本心のままで生きる

マダムと呼ばれる心地よさ

わたしは、パリで仕事をするようになって徐々にフランスの文化を知り、フランス人の個性を大切にする考え方や自由な生き方に馴染み、やっと「マドモアゼル」ではなく、憧れの「マダム」と呼ばれるようになりました。それはもちろん年をとったこともありますけれど……。

ここでは、マダムとはどんな存在なのか？　フランス人が私のことをやっとマダムとして認めてくれたということを綴りたいと思います。

フランスでは、「ムッシュー」は男性のこと。「マドモアセル」はまだまだ未婚のお嬢さんのこと。「マダム」は、既婚者や年齢が高い女性のことを指すだけではなく、エレガント、品格、凛とした振る舞い、リスペクトできる女性をマダムと呼びます。それは、わたしがこれまでフランスで「マダム」と呼ばれる素敵な女性を見てきて感じることです。

ですから、40歳を過ぎても「マドモアゼル」扱いされていたわたしは、侮辱されているように感じていました。「あなたは、まだまだ何も知らなさそうな小娘ね！」というふうに……。日本人はとくに童顔に見えるため、余計にマドモアゼルになりがちですけれど、それとこれは少し意味が違うのです。

あれから10年が経って、パリ16区にあるザ・ペニンシュラでのディナーで友だちと待ち合わせたときのこと。ホテルの入り口の扉を開けると、宿泊者でもないわたしにコンシェルジュがさっと近寄って来たのです。

「マダム、どちらをお探しですか？」と。

わたしがレストランを探していると伝えると、とても丁寧な対応でディレクターらしきマダムが、わたしのことを「マダム！　マダム！　こちらです」と「マダム」を連発しながら、最上階のレストラン「ロワゾー・ブラン」に無線で連絡をとって案内してくださったのです。その時はとても心地のよいエレガントな接客対応に感動しました。

なぜなら以前までパリのいろいろなホテルを訪れても、わたしに対応してくれる気の利いたコンシェルジュはいなかったからです。というよりも、わたしがマダム扱いされるにふさわしくなかったから。それに気づかされました。思い返せば、それは最高のお客さまとして認められていなかったから。マダムとしてのマナーがなかったからです。その場にふさわしいファッション、品格、礼儀作法など、10年前のわたしには未熟なことが山ほどありました。

今、わたしはやっと誰が見てもマダムといわれる年齢になって、気づかされたことがいろいろあります。

フランスのホテルでのチェックインや、レストラン、カフェ、ブティックでの接客、フライトのチェックインなど、公共の場での第三者による接客応対によって、自分がどんな存在であるのかがよくわかります。マドモアゼル的存在なのか？　マダム的存在なのか？それともおばさんなのか？

マダムとはリスペクトされる風格をもった人であり、身なりはもちろん、外見の美しさばかりではなく、内側からの美しさとの調和が取れている女性。それは、マドモアゼルから成熟した大人のステージに上がり、自立したエレガントさを備え、堂々と生きる、凛とした女性の証です。

あなたも素敵なマダムをめざせば、年を重ねるごとにパリのような文化に馴染んでいくはず！

今やりたいことを、今やる決意

子どもが成人するまであと3年。親の介護があるから旅行はやめておく。年金が貰えるまであともう少しだから、頑張って働く。私が仕事を休むと周りに迷惑がかかるから。あれも、これも、やりたいことはいっぱいだけど、とにかく今はガマンのとき。

あなたはそんな理由で、未来のために「ガマン！　ガマン！」の人生になっていませんか？　自分がやりたいと思うことを後回しにして、第三者のために尽くしすぎていませんか？

もちろん、子どもも、親も、仕事も、自分にとって大切な存在です。でもいちばん大切なのは自分自身。自分が、今やりたいことを将来に先送りする必要はないと思うのです。「人生はたった一度きり！」あなたは、その間にどんどん年をとっていきます。何よりあなたが光り輝いて自分らしい人生を生きれば、子どもたちも、両親も、周りも、喜ばしいことなのではないでしょうか？

フランスの小さな子どもたちだって、パパとママの夜のデートが習慣になれば、お利口さんにお留守番だってできるようになります。

日本人はとてもガマン上手。フランス人は、子どもの人生でもなく、親の人生でもなく、みんな自分自身の人生を謳歌しています。強いていえば、フランス人はガマンを知らない。もちろん最愛なる目の前の人を大切にしながらですが、あくまでもベクトルは自分自身です。

わたしの友人のカトリーヌは、1982年、東京の広尾でモデルをしていた誰もが憧れる日本のアイドル的マドモアゼルでした。「マリ・クレール」や、「ヴォーグ」といった有名雑誌に大きく取り上げられていた当時18歳だった彼女も、今や還暦を迎えカッコいいマダムに変身して、自由奔放に生きています。そんなモテモテのモデルだった彼女は、長い人生のなかで、離婚し女一人で二人の娘を育てあげ、数年前に大きな決意をしてたった一人、パリを離れ引っ越しました。

2018年の秋、ボン・マルシェ近くのカフェで待ち合わせたヴァカンス帰りの彼女が、突然、告白するようにわたしに言ったのです。

「わたし、長年過ごしてきたパリを離れるの。そして、憧れていたカダケスへ移住することに決めたの。最低限の生活で、少しの稼ぎさえあればいい。贅沢はしない。大好きな海や山に囲まれて自然とともに暮らしたいのよ。もう、都会にはいたくないの」
彼女の想いは現実となりました。南スペイン、サルバドール・ダリの地カダケスで一人暮らしがはじまったのです。

彼女の早朝は、コバルトブルーの波に浮かぶ太陽の光が美しい地中海で、島から島へ1000メートルを泳ぐことにはじまり、ビーチで日光浴をしながら過ごす。ブロンドヘアーに、小麦色にこんがり焼けた肌。そして、ナチュラルに濡れた髪のまま、仲間と海沿いの行きつけのカフェテラスで、たわいもない話をしながらクロワッサンにカフェオーレのプチ・デジュネをする。そして彼女の夏のファッションは、まるでAngel《アンジェル》ファッションそのもの！　たまに、ウエスタンのショートブーツに、リネン素材のワンピースを合わせているミスマッチな姿がとてもカッコいい。午後の仕事は、ネットで予約制の心療カウンセリングを受ける。

そう！　窮屈だった都会のパリを離れて、憧れていた自分の理想とする生活がはじまったのです。彼女はお金にかえられない最高に贅沢な日々を謳歌しています。新たな人生をはじめる勇気と行動力があったからこそ、叶った夢の世界でした。

現在のカトリーヌは、さらなる幸運を呼び、その街で出会った年下のイタリア人男性と、大人の恋に落ち、ロマンチックな人生を送っています。互いに子どもをもつママとパパが、さらなるの大人のアヴァンチュールを歩みはじめたのです。

そんな彼女のほのぼのとした優しい笑顔こそ、自分の魂の声に耳をちゃんと傾けて生きる心の満足感の証。

「今」というときは二度と帰ってこない。

「今」自分がやりたいと思うことに、失敗なんて恐れず挑戦しコツコツと貫いていく。

そんなパリマダムたちの凛とした、潔く、カッコいい生き方！　素敵だと思いませんか？

郵　便　は　が　き

料金受取人払

名古屋東局
承認

２７５

差出有効期間
2026年
5月31日まで

＊有効期間を過ぎた場合は、お手数ですが切手をお貼りいただきますようお願いいたします。

461－8790
542

名古屋市東区泉一丁目 15-23-1103
ゆいぽおと

パリの小さな日本人　係行

このたびは小社の書籍をご購入いただき、誠にありがとうございます。今後の参考にいたしますので、下記の質問にお答えいただきますようお願いいたします。

●この本を何でお知りになりましたか。

□書店で見て（書店名　　　　　　　　　　）
□ Web サイトで（サイト名　　　　　　　　　　）
□新聞、雑誌で（新聞、雑誌名　　　　　　　　　　）
□その他（　　　　　　　　　　）

●この本をご購入いただいた理由を教えてください。

□著者にひかれて　□テーマにひかれて
□タイトルにひかれて　□デザインにひかれて
□その他（　　　　　　　　　　）

●この本の価格はいかがですか。

□高い　□適当　□安い

パリの小さな日本人

◇◇◇

●この本のご感想、作家へのメッセージなどをお書きください。

◇◇◇

お名前　　　　　　　　　性別　□男　□女　　年齢　　歳

ご住所　〒

TEL　　　　　　　　　　e-mail

ご職業

このはがきのコメントを出版目録やホームページなどに使用しても　可・　不可

ありがとうございました

度胸とパッションと笑顔

今の仕事を思いきって辞めて、海外で仕事をしてみたい。とにかく人生、新しいことにトライしてみたい。年齢に関係なく、ああしたい、こうしたいという思いや夢はとても大切だと思います。いくつになっても、何かしらの夢をもって生きる人は、やっぱりロマンがあって生き生き輝いて見えます。

「生のおしゃれなパリマダムたちに会ってみたい。パリコレクションを一度でいいから見てみたい」

わたしには、物心ついた頃から、心の隅にフワッとそんな憧れがありました。

まさか、突然フランスに行けるなんて思ってもいなかったので、心の準備も、現実的な準備も何もありませんでした。フランス語の能力はあいさつ程度。片言の英語力だけで、取引の仕方も、仕事のやり方も全く知らぬままパスポートひとつで渡仏し、仕事がはじまったのです。

「もし、○○が起きたら、もし、○○ができなかったら……」など、何か問題が起きたときのことなんて準備もなければ、考えてもいませんでした。ただ夢に見たパリへ行ってみたい。それだけでした。

異国で生きていくために、多少の語学力も、自分の身を守るための準備も必要かもしれません。でもそれよりもわたしがいちばん必要に感じたのは、「他人に頼らず、何でも自分の力でやりきって乗り越えていこう」という意志、姿勢でした。なぜなら、そんな強いパッションさえあれば、問題が起きてもすべては解決し夢は叶っていくから。

フランスでは、語学力があるから、○○大学出身、○○会社の肩書きがあるから、そんな理由で仕事の人脈ができるわけではありませんでした。わたしは通訳なしで仕事をはじめました。通訳を通すと自分の熱いパッションが伝わらない気がしたからです。それに、そんな資金もありませんでしたから。どんなに下手なフランス語でも、とにかく笑顔と、すべてはアタック、アタックで前進し、パッションだけで取引先を増やしていきました。言葉よりも何よりも、笑顔がわたしの唯一の武器でした。

人間は、言葉が通じないと得することだってあります。不思議に第六感が研ぎ澄まされ、相手の想いや考えていることがわかるようになります。子どもの頃の直感と同じように、

「この人は優しい人。このおじさんは変？　意地悪そう」など、直感力も目覚めていくもの。そうやって少しずつですが、わたしの仕事がはじまりました。

フランスでは、もしもあなたがメトロの中でスマホや財布を盗まれたとしても、悪いのは盗んだ人ではなく、メトロの中でスマホを触るあなたに問題があると判断されます。だから、警察へ届けることはしません。家族や他人を頼らず、自ら解決していく姿勢が必要になります。すべては自己責任の国だからです。時間に正確で勤勉な日本の社会とは全く違って、いろいろな問題があれこれと降ってきます。

パリの取引先から、オーダーしたものとは全く違う１００枚の毛皮ダウンコートが日本に送られた来たときには、本当に唖然としました。「さすがフランス人。またやってくれたわね！」。ショックとともに呆れ返るしかありませんでした。

返却も含め往復の送料、関税を考えただけでも多額の損失でした。それよりも大変だったのは、フランス語でのメールと電話でのやりとりが３か月も続いたことです。挙げ句の果てには、こんな問題を抱え、冬のコートを販売する時期がなくなってしまうこともありました。でも、こんな問題のお陰で、トラブルを解消しながら、輸入に関するフランス語の勉強を徹底的にさせられました。そんなメリットも天からのプレゼントとなったのです。

フランスのＴＡＸは20％。これは、シャルル・ド・ゴール空港で出発前に免税の手続きをするときちんと返済されます。ただ、わたしが仕事をはじめた１９９５年から10年近くの間は、この手続きをするのに一時間以上も待たされるほどの行列でした。やっと順番が来たと思ったら、サインを忘れているだけでも税関の判子がもらえなかったり、スーツケースの中身をすべてをチェックされたりするほどの厳しさでした。そのため、商品の免税を受けることができず、何度も泣き寝入りしたことは苦い思い出です。これは誰のせいでもなく、そこに立ち向かうだけの度量がなかった自分の責任。こんな苦い試練を受けながらも、誰に相談することもなく、異国のフランスで女一人、仕事の術をどんどん学んでいきました。


とにかく、何でもまずチャレンジしてみる。そんな度胸とパッション、そして笑顔さえあれば、どんな課題も、そこから何かを学んで成果につなげることができます。自分の身に起きたことを問題と思うか、それさえも興味津々に楽しめるか？

わたしは、「旅にも、人生にも、過度な準備や計画は不要」だと思っています。もし、何か問題が起きたら、その時に対応できるくらいのニュートラルな自由さ（＝余裕）こそが、人生のアヴァンチュールの楽しさだから。何も起きないのに、「もし何か起きたら……」の準備をして、長いことそれを思いながら生きていることこそ、余分な時間だと思うのです。

日本昔話「桃太郎」の主人公、桃太郎のように、長い旅の道のりのなかで、アヴァンチュールの寄り道があったり、家来の動物との出会いがあったりすることで、スリルと豊かさが生まれ、人生のストーリーも楽しくなるのです。自分自身をあまり縛り付けず、自分のパッションのままに、目の前のことに挑戦していくこと。そうすれば、天使の羽根がついたようにフワッと軽やかに飛べるし、もっと毎日がワクワクするはず！

年齢を意識しない生き方

「年齢」という枠にハマらない。それは、蜜を求め、行きたいところへ自由に飛び交うまるでパピヨンのような人生。もし、「年齢の枠なんて外して生きていくことができたら？」とイメージをするだけでも、世界観が広がって、アヴァンチュールいっぱいのウキウキ感が高まりませんか？

わたしは昨年の夏、フランス人の仲間たちと地中海のビーチで過ごしました。夏の長いヴァカンスでは、ビーチで一日を過ごすのがフランス人たちの当たり前の行事となっています。見渡す限りの浜辺は、まるで水着ファッションショーそのもの！　ビキニにさえも、洋服のようなおしゃれを忘れないマダムたちの美意識に、わたしも釘付けです。ビキニ、サンダル、パレオのコーデまで完璧。さらには、午前と午後で水着を着替えてビーチに寝転がり、ブロンズ色になるまで日光浴を楽しみます。決して、子どもたちのワールドにしないリュクスなビーチの環境づくりは、まるでエレガントな大人の社交場のよう！

「Kaori, そろそろ ランチに行くわよ」

シックなビキニ姿の上にハイビスカスのパレオをサラッと巻きつけワンピース風にアレンジ。さらにビーサンから、7センチヒールのサンダルに履き替えたファビエンヌ。スタイル抜群の彼女は、美魔女のような72歳ですから、本当にいつも刺激されます。

多少シワシワに緩んだお腹も、胸も、ブロンズ色に日焼けした肌のせいか、とてもカッコよく見えるマダムたち！ 老いも若きも、夏のビキニファッションは、なるべく解放された自然体でいたいと願う、彼女たちの堂々たる姿なのです。いくつになっても美しさを忘れず、ボディーをお手入れし、ビーチでもおしゃれを意識しているのですからあっぱれです。

30歳よりも40歳、40歳よりも50歳……年齢を重ねれば重ねるほど、ビキニコーデも、ファッションコーデも大胆になってきます。ピンクや花柄のプリント、綺麗な色を、自分の思うまま自由自在に着こなしていくのです。

セレクトショップAngel《アンジェル》のジュエリーを作るデザイナーのフローレンスは、生粋のパリジェンヌ。いつも個性的でエレガントです。そんな彼女の息子さんが、最近日本で働いていることもあり、彼女も日本が気に入って、二度にわたって一か月の長い旅をしました。

「フローレンス！ 今あなたはどこにいるの？」

わたしは、広島にいる旅行中のフローレンスに連絡してみました。まだ泳ぐには少し肌寒い5月というのに、なんと、彼女は山陰の美しい景色に魅了され、ビキニ姿で毎日をビーチで過ごしていたのです。

「Kaori、最高よ！　ここから眺めている景色を送るから見てみて！」

彼女から送られてきたのは、松並木が広がる山陰の美しいビーチの写真。そして、泳いでいる人なんて誰一人いない海で、シックなブラックのビキニで優雅に海を楽しむ彼女の姿でした。彼女はなんと泳いでいたのです！　わたしには、ただの海岸としか思えないこんな景色も、いろいろな日本の歴史を知る彼女にとってみれば、浮世絵師、北斎の描く海に見えるわけで、「こんな素晴らしい海で泳ぐしかない！」。そんな彼女の想いに共感しました。そして、フランスの地中海のビーチと変わらぬように、ここ山陰の地でパートナーのジベールと二人でロマンチックに酔いしれていたのです。

パリでの彼女のファッションは、いつ会っても7センチヒールのパンプスに、タイトスカート。長年自分のスタイルを微塵たりとも変えず、徹底してエレガントなフローレンス。彼女とのお付き合いは、すでに10年以上にもなるのに、わたしは、いまだ彼女の年齢を知りません。お互いに聞いたこともありませんし、知ろうともしません。きっと、わたしよりもお姉さんであることは確かですが……。年齢を隠しているわけではなく、ただわたしたちの仲に年齢を必要としていないだけです。

年齢を意識しすぎると枠に縛られたようになります。そして、自分の世界を狭めて、人はどんどん老けていきます。現に、それに縛られないファビエンヌやフローレンスはいくつになっても自由。私たち日本人は、年齢を気にしすぎる傾向にあると思います。人の年齢を聞いたり、自分の年齢をアナウンスしたりすることで、人はそれを基準に判断し評価するようになります。

「あの人は、若いからまだまだ何でも人生でできるわ！」

では、年をとったら何もできないのか？　そんなことはありません。いくつになっても、自分の想い次第で新たな世界は限りなくつくれるのですから。そう！　わたしの周りのフランス人は年齢を告知しない。年齢を意識しない。年齢は、おしゃれにも生きていく上にも、必要ない。もしあなたのなかに、適齢期というものがあるなら、今日から外して自由に生きてみてはいかがでしょうか？　年齢から解放されたとき、きっと生きるストレスの重さもなくなって、本当に自分のやりたいことに出会えるはず！

建前のないフランス

パリで生活し仕事をするようになって、いろいろと大きな問題にぶつかりました。そのなかでもとくに悩まされたことがあります。

それは、何か仕事で問題が起きて議論になったとき、クレームさえも自分が思ったことを率直に相手に伝えられなかったこと。それだけでなく、フランス人のパートナーや近い友人に対しても、本当はもっとこうしたいのに正直に伝えられなかったこと。願うことが、口に出てこなかったのです。そんな悔しいジレンマが何年も続きました。もちろん最初は、言葉の壁もありました。でもそれよりもさらに、わたしを悩ませたのは、フランス人と日本人との「思考回路の違い」という大きな壁でした。

20代の頃は、自分の経験の小さな引き出しにある言葉を頼りに仕事に向き合いました。それから徐々に彼らとコミュニケーションをとるようになり、やっと彼らに溶け込んで、気づいたことがありました。それは、フランスには、「建前」がなく「本音」の文化しかないこと。自分の言いたいことは、相手に構わず正直に発言する。「こうだ!」と思ったら、自分の意見を貫き通す意志の強いマダムたち。そのすさまじい態度に、パリに来たばかりの日本人のわたしは、目を丸くするばかりでした。

フランスでは、企業の経営者に対しても雇用者の思いを、grève《グレーヴ》（ストライキ）を起こしてまでぶつけます。それも、日本では考えられないレベルです。公共のバスも、地下鉄も、飛行機も運休するほど大規模！　フランス人たちにとって「権利」の主張はものすごく大事で、会社に自分たちの要求をのんでもらうためにグレーヴを起こすのです。「本音」の思いはまさにストレート！

そんな派手なグレーヴについて、うんざりしつつも「まあ、仕方ない」で済ませられるのもフランス人ならではの特徴です。わたしも帰国する際に、そんなグレーヴがあるとも知らず、一時間も待ってやっと来たタクシーに、同じホテルの見知らぬお客さんとシェアで乗り込み、渋滞の中ヒヤヒヤしながら、シャルル・ド・ゴール空港まで向かったことがあります。日本でこんなグレーヴが起きたら大変ですが、それだけストレートに熱い思いを伝えることができる彼らのパッションを、わたしは尊敬できます。

日本には、社交辞令や本心を隠して遠回しに相手に伝える「建前」という文化がありま
す。自分が思ったことをなんでも相手構わずに言う「本音」発言は、心地よくないものと
します。逆に「建前」ばかり言う人に対しては、綺麗事すぎて八方美人のような扱いになっ
たりもします。でも、このバランスを上手にとりながら人間関係を保つことができるのは、
日本人の特性ではないかと思うのです。

場の空気が読めることは、日本特有の素晴らしい文化であるとわたしは思っています。
この心得は日本人にしかわからないニュアンスで、逆にこれをフランス人に説明するのも
難しい。

でも、そんな「建前」の文化があることで、日本人は心が閉ざされて思ったことを率直
に言えない癖がついているのではと思います。なぜならわたし自身、まさに目の前のフラ
ンス人に気を遣い過ぎて、何年も言いたいことがストレートに言えず苦労しました。思え
ば、あの頃のわたしは心が封印されていたようです。

彼らにどこまでのニュアンスで、失礼にならないように伝えればよいのか？　わたしに
は全くわかりませんでした。

フランス人の友人に「Kaori!　言いたいことはストレートに言うべきよ！　なんで言わ

ないの??」。このセリフを何度言われたことか……。

そんなふうに、どっぷりと建前文化の思考回路に浸かっていたわたしですから、フランス生活で戸惑うのは、当たり前でした。20代の頃、すでにもうできあがっていた心の在り方、考え癖は、そうかんたんに抜けるものではありませんでした。でも、フランスでは、相手を気遣う精神は、日本ほど必要なかったのです。それよりも、もっと自分の意見を率直に主張できる、堂々と議論できる、そんな人の方が、より魅力的だったのです。

本心のままでいい！　自由に生きる

日本人の謙虚さや真面目さ、思いやりにあふれた日本文化が大好き。わたしの周りにはそんなフランス人がたくさんいます。

ピエールもその一人なのですが、わたしに愚痴をこぼしたことがあります。彼は、フランスの大手シャンパン会社の社長。輸入のため仕事で、何度も東京へ出張していた30年前のことです。その頃のビジネス会議についてわたしに語ってくれました。

「僕は、日本での会議で嫌な思い出がある」と。何事もなく無事に会議が終わりしばらく経った後に、日本のマネジャーの周りの人から会議についての不満の声が聞こえてきたそうです。

「言いたいことがあるなら、その時に言ってくれれば、方針を変えることもできたのに、なぜ？　会議が終わった後に愚痴をこぼすのか？　僕にはわからない。Kaoriは、どう思う？」と、聞かれたことがあります。

会議中はニコニコしていかにも賛成を促し、後になってみたら、やっぱり、不満があった、ということでした。わたしも、ピエールと同じ立場であれば、確かにいい気持ちはしなかったと思います。それはもしかしたら、日本の「建前」というものだったかもしれません。でも、これは外国人には通用しないということです。ビジネスシーンにおいては、わたしはそんな建前はやめたほうが、双方ずっとうまくいくように思います。

「日本人は、心に思っている本当のことを言わなさすぎる」。そんなことが話題になったことがあります。パリからスペインに人生丸ごと引っ越したカトリーヌの自宅で、その日はわたしが主催するビデオ撮影会でした。ビデオのテーマは「人生は自分の好きなように。ありのままに自由に生きる」でした。

そんなビデオでしたから、余計にその日はカトリーヌの話で盛り上がりました。彼女が東京の広尾でモデルの仕事をしていたときのことです。

「日本人は礼儀正しいし、清潔だし、親切。働いたサラリーだって毎月フランスの銀行にすぐに振り込んでくれたし……。ただ、わたしは東京で仕事をしていて、ひとつ納得いかないことがあったのよ。みんな、正直にものを言わないから、いいのか？悪いのか？嫌なのか？『ウイ！』『ノン！』がはっきりしなくて、本当に悩まされたわ。

日本人は、自分の思ってもいないことを、ニコニコ笑顔を振りまいてごまかしているようで、本心がどこにあるのか、わからなかったわ。もっと思いのままに言いたいことは言ってもいいのに」

カトリーヌの話は、まさにわたしが聞きたかったその日のビデオの課題だったのです。

日本には、相手のために心を砕く、おもてなしの精神や、相手の心を察する、不愉快にさせないという配慮など、他国にはない特有の美徳というものがあります。それは素晴らしい日本のこころだと、わたしは思っています。でも、建前というものが邪魔をして、「自分の言いたことも思い切って言えない！」。そんな日本人も多いはず。本音を隠すコミュニケーションスタイルは日本人特有のものです。でも逆に、そこにストレスを感じる外国人も実は多いということです。

といっても、私たち日本人からそんな簡単に、建前文化の思考回路が取り除かれるなんて考えられませんが、グローバルにビジネスをしていくこれからの時代、もっと本音に向き合った方が、ビジネスにおいてもハートを感じる関係性を築くことができるのではないでしょうか？

それは、わたしたち、「個人」にも言えることです。

フランス人は、自分の言いたいこと、したいこと、行きたい場所へ、自分の人生を自由に操っています。

「生き方」も、本音であるべきだと思います。

まさにカトリーヌが教えてくれたこと。

「自分のこころに思ったまま、ありのままに生きる」

まずは、「ノン！」と言える強い勇気をもって、次に自分の希望を放つこと！　そして実行していく。それは、あなたにもきっとできるはず！

人生のプライオリティーは仕事が一番じゃない

Angel《アンジェル》への荷物発送のために、当初住んでいたパリ18区の郵便局で長い行列に並んでいた25年前のこと。待っても待っても順番は来ません。今の時代のようにスマホでもあれば、待ちながら暇つぶしもできるし、仕事も捗るのに……。本当にフランス人って手際が悪いわ！なんて思いながら、郵便局の窓口で仕事をしている男性を見たら、なんと、その男性はニヤニヤして彼女らしき人と電話をしながら仕事をしているではありませんか！　鼻の下を伸ばして楽しそうに。

そう！　今日はウイークエンド。日本でいう花金！　とはいえ、目の前の窓口は長い行列のお客さん、「ちゃんとお客さん見えてますか？」と言いたくなるほど呆れたことがあります。

日本では考えられない光景に、わたしは唖然としました。でもその反面、彼の立場になって考えると、なんて優雅でマイペースな人とも言えます。

花金は、彼らにとって頭は半分お休みのようなもので、午前中一生懸命働いたら、午後のランチはゆっくりワインを飲みながら、夕方4時には仕事は終わり。わたしが取引先で服のセレクションをしている最中の姿なんて気にもせず、「Kaori! もうそろそろ会社を閉めるから、また月曜日にきてもらえますか?」。わたしは、場の空気が読めずキョトンしているうちにそこから追い出され、シャッターは閉まり、今日の業務は終了。そして、金曜のパリの街には男女がおしゃれをして繰り出し、なんだかロマンチックな雰囲気が漂うのです。夕食時の買い出しのどこのお店もウイークエンドの始まりは盛り上がり、フランス人たちのウキウキ感がざわざわと伝わってきます。周りから聞こえる花金のキャッチフレーズは、誰もが「Bon《ボン》 week-end《ウイークエンド》!(良い週末を!)」。

仕事を中断させて追い出すなんて! 最初は、なんていい加減な国なの! そんなふうにわたしは思っていました。それが文化に慣れると「住めば都」。人間の思考回路は、その土地にいるだけで影響を受けて変化するものです。今となっては、わたしも彼らのワールドに足を踏み入れています。バリバリのキャリアウーマンに憧れる、そんな時期もあったわたしが今は、「フランス人の人生のプライオリティーは、仕事が一番ではないこと」に素敵だなあ、カッコいいなあと思えています。なぜなら彼らは、自分の魂のありのまま、人生を本当に充実させ楽しく謳歌しているから。

フランス人から見ると、日本人は朝から晩まで休みもなくミツバチのようにひたすら働いているイメージです。実際に、人生のほとんどが仕事という方も多いはず。もしそうであれば、好きな仕事についた方が、人生はもっと楽しく前向きになれると思います。

日本とフランスの年金についての資料を見ると、その背景が異なるにしても、日本では「定年後も働きたい」割合が多いのに対し、フランスでは、「やりたいことがあるから、仕事はしたくない」という人が多いという統計結果も出ています。とにかく、なるべく働かず人生のプライベートを楽しみたいと願うフランス人の気質がうかがえます。

彼らのプライオリティーは、一番目に家族やカップルとの長いヴァカンス、二番目にアムール、三番目に食を楽しむこと……。そんな具合に、「人生は楽しむためにある」とばかりに、プライベートの生活や人生こそを、もっとも大切にしているのです。

フランス人にとって、仕事が人生の一番のプライオリティーではないのは確かです。とはいっても、仕事をせずに生計を立てることは不可能。プライベートや家族との時間をもっと人生の中心に考えて、うまく仕事と両立できるようになるテクニックは、日本人にもこれからますます必要になってくると思います。

未知なる世界に出会う

あなたは、自分の楽しみごとや趣味、何か目標をもって生きていますか？

自分の目の前に好きな「仕事」があって、その傍ら、本当にこころから夢中になれる「趣味」や「人生の目標」があることは、毎日の生活に刺激と充実感を与えてくれるもの。それは、まさに人生の生き甲斐を感じさせてくれます。

同じ生活を繰り返す日常のなかで、頭のスイッチを切り替える「オン」と「オフ」のメリハリはとても大切。今日起こった仕事や家族の問題、ちょっとした嫌なことなんて、没頭できることさえあれば、すべてを忘れることができるし、自分のマインドをニュートラルにリセットしてくれます。小さな悩みごとなんてどうにかなるもの。明日からはじまる新たな一日も、笑顔で楽しくなります。

わたし自身、実は、仕事一辺倒で頭をリセットさせてくれる「趣味」というものは全くありませんでした。フランス出張に出かけることで、日本の慌ただしさから離れて、全く異空間のあの美しいパリの風に触れるだけで、気分転換ができていたようです。

とはいえ、そこはわたしにとって利害関係のあるビジネスの舞台！　ワクワクさせてくれるパリとは裏腹に、ドキドキ、ハラハラのネゴシエーションが、いつもわたしを緊張という場に追いやっていました。わたしにとっての「パリ」は、そのふたつの感情が右往左往するところでした。

だからこそ、一瞬でもいいからビジネスのことなんてすべて忘れて、全く違う世界で没頭できる趣味に出会えたらいいのに……。そんな想いを何十年もずっと抱えていました。人生というものは、本当に不思議！　わたしの生きるステージを、さらに大きく変えてくれた出会いが、ついにやってきたのです。

フランスにどれだけ通っているのかわからないくらいなのに、モードの仕事で精一杯だったのか、わたしは、フランスのシャンソンの世界とは無縁でした。

ある日、日本の友人から、名古屋で開催される「パリ祭」のコンサートのお誘いがありました。人生のなかで、コンサートなんて数えるほどしかご縁のなかったわたしが、2022年7月13日、愛知県芸術劇場の大ホールで開催された「シャンソンの祭典　40周年名古屋パリ祭」に足を運ぶことになったのです。

「パリ祭」といえば、どなたも一度は耳にしたことがあると思います。7月14日のフランス革命記念日を祝うフランス最大の祭り。毎年この日は、パリのシャンゼリゼ通りで華やかなパレードが行われています。

そんな本場パリ祭の月に、日本の各地方でシャンソンコンサートがあるということで、わたしはとても興味をもちました。ブラックのロングワンピースを纏って、ちょっとおしゃれをしてコンサートに行くことにしたのです。

その舞台には、日本を代表するアーティストが勢揃いしていました。美川憲一さん、ピーターさん、クミコさん、山本リンダさんらの豪華メンバーが集う素晴らしいビッグコンサートだったのです。そして、そこにはシャンソンを学ぶ「シャンソン・ド・ブーケ・プティパリ」(学校)のオーディションに合格した門下生たちと、「名古屋パリ祭」を主宰する西山伊佐子さんも出演していました。

わたしは、こんな華やかな日本のコンサートなんて本当にはじめての経験!

歌の世界を知らないわたしにとって、あまりにも刺激的な舞台でした。

そこで歌われていたのは、わたしが30年間、パリの街角で実際に聴いてきた、懐かしいシャンソンの数々だったのです。夏になると、パリのレストランのテラス席の目の前では、アコーディオニストがシルクハットを逆さに置き、チップを要求しながらパフォーマンスとともにシャンソンを披露してくれる。クリスマスの時期になると、住んでいたアパルトマンの前の通りを、歩きながらトランペットを奏でてくれたあのムッシュ！　そんなパリのシャンソンがわたしの心に蘇りました。

20代の頃から興味のあったシャンソンを、パリで仕事をしながら街中のあちこちで聴いていたせいか、このシャンソンコンサートが、とても愛おしく感じられました。わたしは、こんな思いもよらぬシャンソンとの再会と、「パリ祭」の優雅な舞台に魅了され、「プティパリ」に入ることを決意。２０２３年からシャンソンを学びはじめたのです。

もうひとつ、わたしがシャンソンをはじめたいと思った大きなきっかけがあります。

それは、「プティパリ」を経営する、83歳とは思えない西山伊佐子さんのあまりにも素晴らしい歌唱力と彼女自身の魅力でした。大舞台に立つ彼女の姿は堂々としていて、美しいオーラを放っていました。背筋をピンと伸ばし、クリスチャンラクロアの生地で作ったレオパードのスパンコールドレスをさらりと着こなす見事なファッション！　そして何十年もシャンソン一筋に、自身の仕事を愛し続けるぶれることのない姿勢！　80代をこんなにも一生懸命に、華やかに生きるセンス、不老不死の若さ、すべてに一目惚れしたのです。

わたしの仕事の舞台であるパリでは、いくつになっても目標に向かって生きる前向きなマダムたちを、たくさん見てきました。でも、日本でわたしに、これほどの刺激を与えてくれたマダムははじめてです。

そもそも、パリからの帰国後にふと誘われたコンサート。

そんなご縁で、「やるからには追求したい！　上手になりたい！」という人生の新たな目標ができたのです。歌っているときは瞑想状態に入り、非日常の世界を味わわせてくれます。これまで仕事以外に没頭できることのなかったわたしの大切な趣味となったのです。

経験も全くない、未知なる世界に出会うことが新たな刺激になって、それが生き甲斐になっていくことだって人生にはあるのです。何でもいい！　自分の目標をもって没頭できることがあるということは、生きるパワーになります。そして、熱中できる「憧れの人」や「推し」が近くにいることも、とても幸せなことだと思います。

これこそ年齢を忘れさせてくれる最高の「美容液」であり、まさに不老不死へのはじまりなのかもしれません。

いちばん近くにいる人こそ、人生のパートナー

以前、「人生でご縁のある人は、すぐ自分の隣にいる人」と、聞いたことがあったのですが、本当にその通り。わたしの周りの友人を見ても、わたし自身も、長く生きれば生きるほど、そんな人生になっていることに気づかされます。

パリ1区Rue coquillère《リュ コキリエール》に、日本の美味しい弁当を作ってくれるレストラン「BENTO COCOCO」があります。玄米ご飯とお味噌汁、栄養バランスのとれた色とりどりのおかずの盛り合わせがとても魅力。からあげ弁当やカレー弁当、オリジナルのフランボワーズ入りの大福もちはわたしのお気に入り。パリでは、ひたすら仕事で歩き回るハードスケジュールなわたしのエネルギーになっているのは、なんといっても日本のお米！　だから、パリでのこんなご飯は貴重でとてもありがたく、わたしはそこにランチに行くことが習慣になっていました。

ある日、そのレストランでお腹も満たされて、仕事に向かおうと外に出たとき、テラス

席に座っていた一人のフランス人ムッシュが、わたしに声をかけてきたのです。「Bonne《ボン》 journée《ジュルネ》（よい1日を）」と。そのあいさつのひと言が、ご縁につながりました。

そのムッシュは、このレストランの常連のようで、わたしがこの店に来るといつも宇宙《そら》を見上げながら、一人微笑みを浮かべ食事をしていました。とても感じの良い、小洒落たおじさんに見えました。わたしは、友だちにでもなれたらいいなと、いつも思っていたのです。

そんな彼が、突然わたしに声をかけてきたので、わたしも「Merci!《メルシー》（ありがとう）」ところであなたは何をしているのですか？」と尋ねました。

すると、彼は「Je《ジュ》 vous《ヴ》 attendais!《ザトンデ》（あなたを待っていた！）」と。わたしはこの返答に唖然としました。どういうこと？　嬉しくもあったけれど……。「変なおじさん？」と思うと同時に、「おもしろい人かも？」と、彼の人となりをいろいろと想像させられました。

それが、後のわたしのパートナー、トリスタン。

彼は、中肉中背の普通のおじさんに見えたのですが、趣味はパフォーマンスを披露するアーティスト、大道芸人だったのです。手品や巧みな綱渡りなどのサーカスをするために、週末の休みになるとヨーロッパじゅうを仲間と旅していました。まさに観客を驚かせ楽しませる、夢を運ぶピエロのようなマジシャンだったのです。

「毎週日曜日に、アーティストの集まるホームパーティーを開催しているから遊びにきてね」。そんな彼のお誘いに興味をもったわたしは、さっそく参加しました。

彼の家の玄関の正面には、3メートルもある大天使ミカエルの絵画がそびえ、リビングに入ると、美しいコバルトブルーの空に小さな天使たちが舞うフラスコ画が天井一面に描かれていました。なんて素晴らしいの！　そんな絵画の迫力にわたしは圧倒されました。部屋には、たくさんのエンジェルのオブジェや、アジアンテイストの大きな木の仏像がディスプレイされていました。そして、とても驚いたのが、ピアノやマニアックなギターの数々、そして、トランペットやクラリネットなど、たくさんの楽器が無造作に部屋のあちこちに置かれていたこと。そんな光景を見て、このおじさんは、わたしが暮らしてきた日本ではあり得ない生き方をしていることを確信しました。やっぱり、この人、単に変なおじさんというだけでなくって、おもしろい人かもと！

そして、午後8時頃から彼の友だちがどんどん集まり、シャンパンやつまみをいただきながらのアペロタイムがはじまりました。画家や、作曲家などのアーティストばかりのマニアックな会！　こんな刺激的なホームパーティーというものが、日本では馴染みがないだけにとても新鮮で、わたしの目は爛々と輝きました。

パリの長い夏の夜、ようやく陽が沈み、窓の外はブルーニュイ。お腹も空きはじめた午後10時。やっと、待ちに待ったトリスタンが腕を振るったディナーが準備され、みんなで食卓を囲んでいただくことができました。

わたしがこのホームパーティーで何よりも感動したのは、前菜、メイン、デザートが終わった後のざっくばらんな音楽会だったのです！　部屋じゅうにあったギターやフルートをもってきては、テーブルを囲み、そのうちに、全員でプチオーケストラがはじまったのです。楽器を奏でる人、歌う人、気分高まって踊りを披露する人、誰もが時を忘れ、「今」を楽しむ、トランス状態になっていました。わたしも気づいたときには、歌いながら、その仲間と同じ時間を最高に楽しんでいたのです。

こんな無造作に、無計画にはじまるパーティーは、あっぱれ！でした。なるほど……。何もかも計画的じゃないのが楽しい。流れのままに行くのがいい。ざっくばらんな気取らない仲間たちと、気の向くままに、自然体にエンターテインメントを演出する主宰者のアーティスト、トリスタンにわたしは感動しました。

こうしていろいろな人たちに出会って観察していると、人間っておもしろいなと思うのです。生まれ育った文化の違い、教育や思考の違い、生き方の違いなど、わたしたちは、自分のもっていないものや、全く違う人生を生きる人に、惹かれ合っていきます。

それがのちに、自分の生き方と、さらにもうひとつの違う生き方が共鳴し合い、一人ではあり得なかった数十倍もの人生の豊かさとなって芽吹きます。夫婦やカップルを見てもそれはよくわかります。二人のエネルギーが重なり合うことで、新しい生き方が作られていくその様は、いつ見ても微笑ましく思えます。

百人百様の生き方があれば、それだけの人生の楽しみを「共有」できる可能性があるのですから！　それを想像するだけでワールドが広がっていきますね。まさにお金では買えない「こころの豊かさ」という財産だとわたしは思ってます。

あなたの一生のビジネスパートナーであったり、人生のよき助言者メンターであったり、家族になる人だったり……。それは、案外気づいていないだけで、本当に大切な人って、自分の近くに存在するのです。

これが運命！　セ・ラ・ヴィの生き方

人生のなかで、どうしようもない大きな問題に直面したときなどに、よく使う「C'est《セ》 la《ラ》 vie《ヴィ》！（それが、人生！）」。フランス人特有の人生観が滲み出ているキャッチフレーズのひとつ。きっと、フランス好きな方であれば、誰もが一度は聞いたことがあるのではないでしょうか。

「もう仕方ない！」「人生ってこんなもの！」「これが運命！」。ネガティブな意味合いもありますが、そんな諦めや危機を受け入れる反面、その向こうには、「どうにかなるよ！」と前向きな想いが込められたフレーズでもあると思います。

たとえば、大失恋して、「C'est《セ》 la《ラ》 vie《ヴィ》！」。

終わってしまった恋愛に対して諦め、次の舞台に進もうという前向きなニュアンスが含まれています。「もう！　それをくよくよ悔やんでも仕方ないわよね。先に進もう！」

わたし自身、人生にそんな場面が多いせいか、よく口にする表現です。

「セ・ラ・ヴィ」と言い切って、きっぱり次のステージに向かって生きるのと、終わったことをいつまでもくよくよ引きずって生きるのとでは、全く未来が変わってきます。どちらにせよ、誰も将来のことなんてわからないわけで、そんな不安を抱えて生きるのは、人生の損です。「C'est《セ》 la《ラ》 vie《ヴィ》 !」と、自分の細胞にいい聞かせて脱皮し、新しい自分に生まれ変わる。

それも成長の第一歩だと思います。

仕事の大失敗。失恋。大切な人との別れ。そんな時、「仕方がない！」「これが運命！」。セ・ラ・ヴィのひと言で、大事な人生のストーリーを終わらせたくないと思うことだってあるかもしれません。でも、この言葉の力を借りて口に出して呟くだけで、なんだかわたしは人生のケジメがつきました。

人生って諦めながらも、前に進んでいる。だから、前進するための大きな「スイッチ」にもなっているのです。

2022年、50代という若さで天国に行ってしまった、セレクトショップAngel《アンジェル》のお客様が5人もいらっしゃいます。30年近くもAngelとのご縁があったわけで、彼女たちは人生の仲間であり、Angelのプチファミリーでした。いつもお店に来ては、2時間も3

時間も、わたしに人生の悩みを打ち明けてくれ、最後にはウキウキする服を買ってハッピーになっていました。そんな最愛なるプチファミリーを亡くしたわたしの想いは、もちろん永遠に消えることはありません。

一人、二人、三人……と亡くなるたびに、その人のことを思い出しては、「C'est《セ》 la《ラ》 vie《ヴィ》 !」。と呟きました。メール名簿を見れば、現在もまだ彼女たちの名前とアドレスが残っています。それを見るたびに、彼女たちと会話をした楽しかったあの時が蘇ります。

「人生は一度きりだから、楽しみましょうね」と語っていたことを思い出すのです。

人が亡くなることを、セ・ラ・ヴィなんかで終わらせたくない！　反発したい強い気持ちもありました。けれど事実、「これが運命！」。仕方がないのです。悔やみながら、自分にそう言い聞かせながらも、前に進むしかない。

裕子さんは、闘病中の自分の寿命が短いことがわかっていたのか、「Kaoriさんに、わたしの着物を着てほしい！」と、彼女が大切にしてきた、たくさんの素敵な着物をお店に持ってきてくださいました。それがお店にきてくれた人生の最後の日でした。

病院から届いたメールが今もあります。「Kaoriさんに会いたい。またAngelに行きたい。綺麗な服を見たいな」。最後にそう書いて天国へ旅立ちました。

亡くなった彼女たちが今生でできなかったこと。「本当は、もっとああしたかった！　こうしたかった！」。そんな想いを心に抱えて、わたしは今生を前進しています。わたしが前進できるのは、彼女たちの熱い想いのおかげだと思っています。彼女たちの分まで、わたしが人生でもっとやるべきことがある！　伝えていくべきことがある！　そう思っています。

人生は儚いもので、いつも「C'est《セ》 la《ラ》 vie《ヴィ》 !」の繰り返しなのです。

「それが人生、仕方がない、運命だ！　前に進もう！」

あなたも、「C'est《セ》 la《ラ》 vie《ヴィ》 !」の気持ちで過ごしてみてください。きっとくよくよ過去を振り返ることなく、ケジメをつけてきっぱりと、最後にはポジティブに前だけをみて生きることができると思います。

死ぬ間際まで楽しむ午後のカフェ

「Bonjour《ボンジュール》, ナタリー」

わたしが、待ち合わせのカフェに到着したのは午後2時。

彼女は一人、いつものテラス席で、日光を浴びながら、お気に入りのフライドポテト付きハンバーガーセットと、氷入りロゼワインを頼んで、すでにランチをはじめていました。

日曜日の昼下がり、パリ6区にあるCAFÉ《カフェ》 L'HORIZON《ロリゾン》で、毎週のように7人前後の仲間が集まってカフェタイムを楽しんでいました。会うことを約束しているわけでもなく、待ち合わせ時間をとくに決めているわけでもなく、行きたい人が行きたい時間にそこへ行く。日曜日の午後はみんなここで会おう！　そんな気楽な感じで、気の向いた者同士が集まっていました。

その日は、8人の男女が集まりました。食事はほしい人だけがとる。コーヒーだけの人もいれば、わたしはグラスワイン。各自がさまざま、自由でした。

お会計も、自分の分は自分で払う。時折、お金を持っている人が全員の分を払ってくれることも。とにかく自由に気ままに、思うままに楽しむ、すべてがざっくばらんの会でした。

ナタリーは、旅行帰りのスーツケースをテーブルの下に置き、毛皮のマントーに帽子、きれいにお手入れした紅いマニキュアの手に、グラスを掲げて「Tchin-tchin《チンチン》」とみんなと乾杯。ブルターニュにプチ旅行に行った話を、ひっきりなしにしてくれました。

そんな彼女は、まだ57歳という若さで、医師に癌を宣告されたばかり。余命6か月の最後の人生を楽しんでいたのです。毎週、日曜日の午後、同じカフェで会うたびに、彼女の様子はどんどん変わっていきました。

「Kaori, わたしのウイッグどうかしら?」

「ナタリー、ウイッグに見えないわよ。あなたは、いつもヘアースタイルもメイクも完璧だし、とてもエレガントだから。まさかウイッグだなんて誰にもわからないわよ」

わたしは、いつもおしゃれなナタリーに正直に答えました。

わたしが日本からパリに再度戻ってきた2か月後、彼女のヘアースタイルは、髪の毛のないニット帽に変わっていました。そして、あんなにおしゃべりが大好きだったのに、口数も少なくなっていました。それでも彼女はいつものように、例のハンバーガーセットと氷入りロゼワインを飲んでいました。わたしは、「そんな冷たい氷や、ハンバーガーばかり食べて大丈夫なのかしら？　でも、彼女の人生に待ったはない。好きなものを食べて、好きなように生きればいいわよね」と、いつも心の中で思っていました。彼女とここで会うたびに、彼女の気力がどんどんしぼんでいくのを感じました。

病院で過ごすよりも、こうして楽しい時間をみんなとともに過ごしたい。死ぬのがわかっているのなら、「最後まで人生を謳歌したい」。彼女は、このカフェのお気に入りハンバーガーとロゼワインという食事のスタイルを一度も変えたことはありませんでした。

2週間後、歩くのも、おぼつかなくなってきたので、彼女の家の近くまで車で迎えに行き、彼女を乗せてカフェに行くようになりました。こんなお迎えが何週間か続きました。周りの友だちも彼女の生活をフォローしているようでした。

会うたびに体のあちこちに痛いところが増え、彼女の口数もさらに減っていきました。ついに、カフェの椅子から立ち上がることさえ、ひとりでできないほどになりました。それでも彼女は、カフェではいつもエレガントな装いでした。

皆のいるカフェに行きたい。

寒くても、カフェのテラスで日光を浴びていたい。

そんな生粋のパリジュエンヌの気持ちは変わりませんでした。

それから一か月半後、わたしが再びパリに戻って来たときには、彼女は57歳という若さで天国に旅立っていました。

病気になっても死ぬ間際までそのスタイルを変えなかった彼女の生き様は、わたしがこれまで、日本で見てきた病人とは違っていました。癌になれば、入院して治療しながらそこで生活し、病院で亡くなるのが当たり前。わたしはそう思ってました。でもナタリーは違いました。本当に亡くなる一週間前に、亡くなるために病院に入ったのです。

彼女は、最後の最後まですてきな友だちに囲まれて本当に幸せそうでした。わたしには、それが彼女の生き甲斐に見えました。

「人生を最後まで謳歌する生き方、自分の好きなように生き抜く姿勢」

ナタリーは、それをわたしに見せてくれたようでした。


自分のこころの思うままに、生きたいように生きるがいい。いつかは、誰もが天国に行くのだから、今を思う存分楽しむこと。後悔しない人生を生きるために。

わたしはいつも、自分にそう言い聞かせて生きています。

パリを知って日本の魅力に目覚める

20代のとき、わたしがこんなに飛行機に縁があるなんて、思ってもいませんでした。人生って本当にわからないもの！　パリでの同時多発テロ事件、コロナ禍、ウクライナとロシアの紛争……。こんな世界情勢を目の当たりにしつつ、年に6、7回パリと日本を行き来する生活を30年続けてきました。旅するなかで、パリから日本に向かうたびに徐々に気づかされたことがあります。それは、今まで何も感じていなかった小さな島国に詰まった「Trésor《トレゾール》」（宝）の魅力でした。

最初は、パリマダムのおしゃれなファッションに憧れ、美しいパリの景色や芸術の歴史、美食、ワインなど、日本と西洋文化の大きなギャップに、どっぷりとハマり込み、その魅力に惹きつけられていました。

フランス好きな方であれば、きっとわたしと同じ思いだと思います。

パリで仕事をするようになって、10年の月日が経った頃でした。わたしは、フランス人のアート的思想や、個人主義の生き方、フランス人の日本についての高い評価を理解しはじめました。そして、母国日本の美しさを振り返るようになりました。彼らが、日本に魅了されるように「日本って、フランスにはない、世界にはない、とてもすばらしい魅力をたくさん持っている国」と、感じるようになっていったのです。

「L'herbe《レルブ》 est《エ》 toujours《トゥジュール》 plus《プリュ》 verte《ヴェルト》 ailleurs.《アイユール》」（隣の芝生は青い。）というように、20代だったわたしには、フランスが、何もかも日本よりもずっと魅力的な国に見えました。わたしは、違う世界の青い芝生にゾッコンで、ワクワク夢中になっていました。

人は、自分のもっていないものに惹かれ、それを羨ましく思ったり、真似をしたくなったりするものです。しかし、「外の世界を知れば、だんだん自分の内なる故郷が美しく見えてくるもの」。これも事実です。わたし自身、日本の外に出てみて、はじめて日本の良さに気づくようになっていったのです。それは、「国」のことだけでなく、私たちのふとした日常にも通じる話だと思います。

「お米」が主食の繊細な食文化、絹糸であしらう「着物」というお召し物の優雅さ、伝統芸能の歌舞伎や能、ものづくりや芸術文化、禅のこころ……。フランスにはない、こんな「トレゾール」満載の日本に愛国心が芽生え、わたしは、日本が愛しく誇らしくに思えるようになっていきました。

２０１５年、パリ・ルーヴル美術館のクール・カレで開催されたディオールのオートクチュールコレクションに招待され、自前の着物で出席しました。

祖母から譲り受けた着物を、名古屋で活躍する黒紋付染伝統工芸士の武田染工さんにお願いし、深海を思わせるようなミステリアスなマリンカラーに染め直したものでした。裾からチラリと見える八掛けは、ルージュに。そして、帯は日本の鶴が舞うビンテージものでコーディネート。トータル的には、華やかな色遣いでもなく地味なくらい。ただ、パリの街を意識したエレガントなコーデでした。

そんなわたしを観察していた方々がいました。ラグジュアリーなショーの後に、そこに出席していた周りのフランス人や外国人たちに引きとめられました。「Vous《ヴ》 êtes《ゼット》 très《トレ》 belle.《ベル》」（あなたは、とても美しい。）と脚光を浴び、たくさんの方々と撮影会となったのです。彼女たちが見ていたのは、着物だけでなく、トータル的な美しさでした。わたしのそそとした佇まいや歩き方、控えめな物腰……。日本人らしい内側から滲みでるオーラに品格を感じたようでした。

わたしはフランスのモード界で、仕事にたずさわることができたからこそ、日本の美や、着物というファッションのすばらしさを改めて認識し、禅の心をもつ「日本人の美しさ」を、より理解できるようになっていきました。

着物姿のときの所作は、日本人としてとても大切だと思っています。というのは、洋服を着ているといつの間にか、足を組んだり、開いたり、大胆な動きになるからです。優雅な振る舞い、おしとやかな気品、奥ゆかしく、控えめながらも漂う凛々しさ……。フランス人が、魅了される品格あるエレガントさとは、日本人ならではの、「内側から滲み出る美しさ」そのものなのです。

2021年、ルーブル美術館のクール・カレを、着物姿で堂々と歩くわたしの写真が、在日フランス商工会議所の経済誌、「フランス・ジャポン・エコー」に掲載されました。この雑誌は、日本でのビジネスや文化について日仏二か国語で編集。わたしは「美しさを追求する不屈の起業家」として紹介されました。

日本人女性は世界のどこにいても、国際的なエレガントな女性として堂々と振る舞うことができる日本特有の美意識をもっています。パリマダムたちの自己責任を伴った自由な生き方、健康美、脱力したナチュラルな美しさ。こんな彼女たちの美意識もマリアージュしていくと、わたしたち日本人女性の美しさはさらにグレードアップしていくのではないでしょうか。

フランスと日本を、行き来するからこそ見えてきた両国の魅力。

わたしは、いつも日本を愛し、日本人であることを誇りに、一本の芯を持って、今も変わりなくフランスで仕事をしています。

Ⅳ　80歳でも恋をする

80歳でも恋する人生

年を重ねていくほど、パリマダムは自然体でチャーミングに、そして、美しくなっていくのはなぜでしょう。

年をとるということは、シワや白髪が増えて、肉体が衰えて、やがて物忘れが激しくなって、赤ん坊のようになっていく。それは自然の流れです。

彼女たちは、そんな年を重ねていく「今」の自分の姿を、真正面からきちんと受け入れて生きています。美貌を保つために、過剰な若作りをするわけでもなく、夏のヴァカンスの海では、老若男女にかかわらずビキニ姿になって、思いっきり日光浴を楽しみ、ブロンズ色に日焼けをします。笑うと、目尻やほうれい線にシワができるから笑わないなんて、彼女たちにとっては考えられないこと。冗談を飛ばして笑い合うことは、日常です。

20代の頃、日本のテレビで見た「美白」の化粧品のコマーシャルに影響を受けたわたしは、お肌は真っ白が美しいのだと認識していました。日焼けしたら「しみ」や「シワ」がドンドンできて、早く老化すると思い込んでいました。

ところが、フランスに行けば、「太陽のビタミンEは、骨を作る健康に重要なエネルギー。日焼けは大切なのよ。思いっきり自然を楽しまなきゃ！　Kaori!」

そんなレクチャーをパリマダムたちに受けたわたしは、お国によってこんなにも違う太陽と美容情報の認識のギャップに、当初は大きなカルチャーショックを受けました。住めば都とはよくいったもので、毎年小麦色の美しいボディーの美人マダムたちを見るたびに、今度は白肌が病弱に見えてきたから不思議です。

ある日、私の知人でオペラを見ることを生き甲斐にしていた82歳のピエールが、いつものように正装して、愛人の自宅まで迎えに行きました。そして、一緒にオペラ座の会場に行く途中、彼女はつまずいて足を骨折し、救急車で運ばれることになったのです。その時、彼ははじめて彼女の身分証明書を見て彼女の年齢を知りました。

ピエールは、彼女のことを20歳も年下の女性だと思っていたら、驚いたことに、なんと、彼女は自分よりも年上のお姉さんだったのです。ピエールは年齢に驚くどころか、いつも変わりなく、美しく凛としてチャーミングな彼女に、惚れ直したといいます。

ピエールがゾッコンに惚れて魅了されるほどに、彼女が美しく輝いていた理由があります。彼女は、彼とのデートのときには、いつもコレクションしていたエレガントな帽子をベースに服をセレクトし、真っ赤なルージュの口元、そして、ヴァカンスで日焼けしたご自慢のブロンズカラーの素足にパンプスを履いていたのです。80代でもパンプスをはきこなす彼女の肉体と、美意識の高さには本当に驚かされます。見た目の美しさはもちろん、まだまだ「女」として十分に潤っていたということ。フランス人男性にとっては、どうやら色白の肌よりもブロンズ肌の女性の方が、健康的でセクシーに見えるようです。

そしてさらに、彼女はおしゃれなファッションセンスや女性らしさだけではなく、インテリジェンスがあり、周りに流されず生きる逞しさと品格を兼ね備えた女性でした。目尻の深いシワも今や優しい笑顔となって、人生の経験を積み重ねてここまで成熟した美しい姿となっています。そんな大人の二人だからこそ、条件や年齢に関係なく、ピュアな心で愛し合えたのでしょう。

パリの街には、日本ではあまり見かけない光景に出会います。それは、一般的にはおばあちゃま、おじいちゃまともいえる年齢のカップルが、お互いおしゃれをして、仲睦まじく腕を組んで、ディナーやエンターテインメントに出かける姿です。彼らは、いくつになってもおしゃれに対する美意識が高く、好奇心旺盛に、一生涯デートや恋愛を楽しんでいるのです。本当にそんなカップルを見ているだけで、素敵だなあと、こちらの方がほっこり幸せいっぱいに包まれます。

「もう、私は離婚歴があるし、今さら恋なんて面倒だわ！」

「もう、私は、どうせおばさんなんだから今さら無理よ」

「年だから、もう恋なんてできない」

「あれこれ駆け引きして、ドキドキするのは面倒臭い！」

もしこんなふうに思っている方がいたら、それはあなたの自信のなさと、心の老化だと思います。いつからだって、女性は美しくなれます。それはあなたの気持ち次第！　フランス人は、子どもがいても、仕事があっても、自分の好きなことを優先してわがままに人生を謳歌して生きています。だから若いのです。「外観」ばかり若く見せても、「心」が若くなければ、本当の若さとはいえません。

だから、死ぬまで、「女」であることを忘れないでほしいのです。ピエールが愛したマダムのように、いつまでも美しくありたいもの。いつからだって、あなたが決意したときから「女」としての美しさを追求していくことは可能なのです。

少女のような好奇心

フランスでは、恋も、おしゃれを楽しむことも、若かろうが老いていようが、年には関係なく自由奔放です。何よりも、今のあなたがどれだけ人生を楽しめているか？　どれだけ笑顔で過ごせているか？　満足して生きているか？　それが何よりも大切！

わたしが過ごしてきた日本では、「もう○歳なんだから……」「そんな派手な服はみっともない」「今さらそんなことできるわけがない」「年を考えて行動しなさい」などなど、マイナス的な発言をよく耳にしました。わたし自身、大人になるまで、母親のそんな思考回路を反面教師に育ちました。「隣の家なんて関係ない」「ウチはウチ！」「わたしはわたし」じゃないの？　なぜ隣の家の子が勉強できることをわたしと比べなきゃならないの？

でも、それは母だけでなく、多くの日本人の考え方がそうだったのです。フランスで仕事をするようになって、「年齢を受け入れる」という真逆の文化とのギャップに直面し、なんてこの国は肌が合うんだろうと思いました。わたしと同じ考え方の人間に出会ったのです。そして、わたしがおかしいのではなかったことにも気づかされました。

恋も、ファッションも、仕事も、人生のアヴァンチュールも！　世間の目なんて気にせず、少女のような好奇心と、憧れる夢をいつももっていることの大切さを知りました。そうですよね。わたしたちが少女の頃、年齢なんて考えて生きていませんでしたから。それよりも、毎日、ウキウキ心が揺さぶられるエネルギーに満ち溢れた目の前の楽しみに明け暮れていたはず。あなたも、お気に入りのピンクのヒラヒラワンピースを着るだけで、夢心地に心のヴォルテージが上がっていたはずです。パリマダムたちは年齢にかかわらず、体にフィットするワンピースだって、派手な色だって、好きなモノを自由自在におしゃれに着こなします。

個性を重んじるフランスの学校には、基本的に制服はありません。ファッションについての規則もありません。自分の着たい服を着て、自分のやりたいことを実現していくことは、心をときめかせ、どんどん美しく若返らせてくれるのです。そして、それがステップアップして、男女の恋愛ドラマを作ってくれたり、仕事のやる気さえも起こしてくれたりします。少女のような気持ちは、人生をポジティブにしてくれるだけではなく、あなたの夢見ていた世界を本当につくり上げてくれるのです。頭で考えて計算したり、計画を立てたり、そんな賢い頭脳なんてアンチエイジングには必要ありません。

わたし自身、少女のようなときめく心が、パリでのビジネスという目標を掲げ、「あれしたい！　これしたい！」というチャレンジの繰り返しが、今の自分を確立していったのだと思います。今も、将来に向けてヤンチャな翼を広げては、やりたいことにいつも挑戦しています。わたしたちの夢には、限界はありません。

残業ばかりだった銀行を思い切って辞職して、好きなファッションを仕事に、興味のあったパリの都へ飛びました。そして、いつのまにか会社をつくる運びとなりました。こうして継続できているのは、もちろん、ともに働く長年のパートナーや、たくさんの周りの方々のお陰です。でも、それは、ベースに少女的好奇心があったからできたこと。辛くて大変だったことなんてすべて忘れてしまうくらい、全力投球だったのだと思います。

あなたの幼い頃を思い出してみてください。転んでも、血が出ても、好きなことをして遊んだり、リカちゃん人形に夢中になったりしていれば、痛みなんていつのまにか飛んでいって、目の前のことだけに没頭できていませんでしたか？　少女のときのような直感力で人生を前進できることこそ、あなたの「本能的な生き方」です。勤勉で真面目な日本人女性のわたしたちですから、少しくらい羽目を外して、わがままなくらいで生きてみてはどうでしょう？　それこそ内面からのアンチエイジングのはじまりなのだから！

女を磨くために美容液よりも大切なのもの

「恋」は、高級な美容液よりも何よりも、女性が美しくなるために必要なエッセンス！

「恋するなんて、若い頃だけだわ。年をとれば、若さも美貌もなくなるし、男性からも必要とされなくなる。そして、恋の絶頂期は終わる。だから、フレッシュで若く綺麗なうちに早く結婚しておかないと」

そんな思考回路のなかにいたのは、まだパリという世界を全く知らない頃でした。フランスという国でビジネスをはじめ、日本人とは、１８０度も考え方が違う、恋だってプライバシー重視の個人主義のフランス人たちに出会い、衝撃的なことがいっぱいでした。

それは、人は死ぬまで「恋」ができるということ。

彼らの恋愛事情は、フランス映画に象徴的に表れています。「ポンヌフの恋人」「シェルブールの雨傘」「男と女」など、男女のさまざまな愛の形がリアルにフランス文化として描かれています。

いくつになっても、フランス人男女が美しさを保っている理由のひとつに、ロマンスグレーヘアーのマダムも、杖をついたムッシュも、年齢に縛られることなく、自由に恋をしているということがあります。彼らは、そもそも年齢のことなんてすっかり忘れているのですから、恋だってもちろん夢中になれるし、人生のアヴァンチュールはいつもこれからなのだと思っているのです。

パリの街を歩く熟年のカップルを見て、素敵だなあと思うことがあります。背中の曲がったムッシュが、マダムと腕を組んで、マダムが彼を引っ張ってリードして歩いている姿。まさに、男性が付いていきたくなるほど、たくましく魅力的な女性であることの表われです。

日本は、女性が三歩後ろから男性に付いていくような時代もあったほどの亭主関白の国。日本では見たことのない、なんとも愛らしいほのぼのとしたカップルの姿に、わたしはずいぶんなごまされました。

フランスでは、女性が凛とたくましく、強く頼れるから、男が女に付いていく。「強い」というのは、自分のきちんとした意見や意志をもつ姿勢もありますが、フランスの多くの女性は、出産後に仕事に戻り働き続けるため、経済的に「自立」しているという意味もあります。

いつもどこかに自立心を秘めたパリマダム流のエレガントさは、フランス男性から見ても、たくましく美しい。だからこそ、80代になっても互いに恋焦がれる、永遠の憧れなのかもしれません。

一輪のバラから生まれる愛のドラマ

２０１７年、雨がしとしと降る日、パリ１区の高級ブティックが並ぶフォーブル・サントノーレ通りを歩いていたら、あまりにも優雅なバラ一面のディスプレイが目に飛び込んできました。パリにはたくさんの素敵な花屋さんがありますが、そこは、わたしがこれまでに出会ったことのなかったアラモードでセクシーな異空間。

ヴァンドーム広場のすぐ近くにあるコスト兄弟がデザインした「Hôtel《オテル》 Costes《コスト》」のバラのブティック「Roses《ローズ》 Costes《コスト》」だったのです。天井には、ミラーボールが回り、床はおしゃれなガラスモザイクタイル。ブラックの花器に入った１００本あまりの大輪のバラがあちこちにディスプレイされ、床には生花を切り落としたばかりの茎と葉が無造作に散りばめられていました。こちらのバラのブティックはさることながら、Hôtel Costes のラウンジは、さらにお色気ムードが漂う、まさにパリの異空間。世界じゅうのファッション業界、モデル、デザイナー、アーティスト、映画関係者などが、とてもファッショナブルな装いで登場していました。わたしもこのホテルにはじめて足を踏み入れた１９９９年は、誰もマネのできないような独特なフランスのホテル文化に感動したものです。パリというロマンとセクシーさを感じさせる街だからこそ、生み出せるワールドでした。

そんなホテルのバラのブティックともいえる「Roses Costes」は、床に散らばる茎や葉も、バラのディスプレイをも含めたトータルな器が絵になるほど美しくエレガント。

そんなディスプレイを、傘を片手にウインドーに張り付いて眺めていたら、「Bonjour《ボンジュール》 Madame《マダム》, Entrez《アントレ》！」（どうぞ中に入ってください。）と、笑顔のマダムがお店の中から出て来て、扉を開けてくださいました。そして、一輪の真っ白いバラをわたしの顔の前に差し出したのです。高貴な香りいっぱいの。それも、わたしの顔の大きさと変わらないくらいの大輪を！

「え！　これをわたしにくださるの？」

ブラックの清楚なパンツスーツを装ったシックなマダムは、「もちろん！」と微笑んで、なんとコーヒーまで入れてくださったのです。そんな彼女の好意にとても心をほっこりさせられました。

バラの花は魔法のようなもの。たった一輪でも、それをもらう女性はマジックにかかるから不思議です。

わたしはコーヒーをいただきながら店内を探索し、手際の良い彼女の仕事ぶりを眺めながら感動していました。だからといって、わたしは、義理で花を買ったわけではありません。花の妖精と会話しながら心の底から仕事を楽しむ彼女の姿と、好意的なサービスに、ただ心打れたのです。

フランスでは、一輪のバラは愛の象徴ともいわれ、通常は男性が女性に贈るもの。

2003年頃、わたしがよく泊まっていたパリ4区のサンポールのプチホテル近くに、バラのブーケばかりがディスプレイされた小さなお花屋さんがありました。ディナーも近づく夕暮れの午後8時頃になると、一輪の真っ赤なバラを買い、背中の後ろにそれを忍ばせ、待ち合わせた彼女に贈るロマンチックな男性の姿を、よく見かけました。

フランスでは、女性に愛を伝えるために、男性が自然に花を贈っていたのです。日本では、男性が堂々と愛のバラを一輪プレゼントするような光景に出会ったことはありませんでした。なので、わたしは、それが映画のワンシーンように、忘れられない頭の隅の思い出のトレゾール（お宝）として今も残っています。

あるとき、パリ7区のサンジェルマンのレストランでディナーをしていたら、透明のセロハンでラッピングした一輪のバラをたくさん腕に抱え、カップルが座るテーブルに寄ってきては真っ赤なバラを売るムッシュに出会いました。デート中の目の前の愛する女性に贈るわけです。そんなバラを売る彼は、パリの街のレストランを次から次へとかけめぐり、ロマンを運ぶことが仕事。なんて夢のあることを思いついたのでしょう！

こんなバラ一輪から生まれる男と女の数々の愛のドラマ。

それは心酔わせてくれるパリが舞台だからこそ、特別なのだと思います。

結婚より心のあり方

フランス人の「男女の関係」に驚いたのは、愛する男女のゴールは「結婚」という形だけではなかったことです。

「早くいい人を見つけて、結婚して、家庭を作るのが幸せなこと」

母親に、そんな風にいわれて育ってきたわたしですから、このギャップには驚くばかりでした。「法律上の手続きをとって安心する『結婚』だけが、人生の本当の幸せの形ではない！」と、わたしはこの国に来て、考えるようになっていきました。

わたしの周りには、法律上の手続きをとらなくても、結婚している家族と同じように幸せに暮らすフランスの家族がたくさんいます。彼らが大切にしているのは、法律上の手続きではなく、お互いが愛し合っているという「心のあり方」です。ともに生きることが心地よく、お互いに「リスペクト」できる仲であること。法律よりも、何よりもそれが最優先です。法律上の手続きをとれば、別離のときの財産や住宅の問題など、何かがあったときの保証にはなります。でも、フランスでは、それだけに執着することなく、束縛されず、お互いが尊重しあって生きています。そんな考え方に、わたしはとても感銘を受けました。

日本の昭和時代には、「嫁にもらう」という表現がありました。結婚とは、家制度のもとにあるイメージでしたから。嫁いだ妻は、夫のことを「家の主な人」＝「主人」と呼びました。

１９９５年、わたしがはじめて見たフランスの結婚のかたちは、すでに大きく進んでいました。家には「主人」も「主婦」もいなかったのです。「主婦」というカテゴリーはなく、90％以上の女性は、子どもがいようがいまいが働いていました。

「嫁にもらってください」の世界とは、あまりにもかけ離れた女性の立ち位置に、わたしは圧倒されました。その頃のわたしは20代半ば過ぎ。「負け犬」「三十路」という言葉が流行った時代です。「すぐに30代なのに……」と、結婚に乗り遅れたように言われ、世間の冷たい風を感じていました。周りの友人たちは、合コンでの出会いやお見合いで結婚ラッシュが巻き起こり、わたしからどんどん離れていきました。そんな昭和の世界で育ったわたしが、カルチャーショックを受けるのは当たり前でした。

フランスには、「パートナーとの関係」がいろいろあります。
事実婚、ＰＡＣＳ（パックス）、結婚、パートナーなし。自身の価値観に合わせて、人生のスタイルを選択することができます。１９９９年に法律で定められた「ＰＡＣＳ」は、結婚ほど束縛されず、事実婚よりもきちんと法的権利があるというもの。婚姻カップルとほぼ同じような権利を受け取ることができます。今やＰＡＣＳはどんどん増えて、「結婚」よりも多いくらいです。

フランス人女性のほとんどは、男性と同じように社会に出て働いています。わたしのパリの取引先は、１９９５年から85％以上が女性社長です。女性が産後に仕事を辞めることはありませんでした。男性も、家事や洗濯をして、ベビーカーを引いて子どもを保育園に連れていきます。子どもの世話をすることは、彼らにとっては当たり前です。

日本でも最近は、専業主婦は少なくなり、子育てをしながら働く女性が増えました。が、まだまだフランスのように女性が働く環境が整っているとは思えません。カップルが個々に自立して、生計を立てる仕事があれば、互いに甘えすぎず、頼りすぎず、リスペクトし合えます。お互いが社会に出て働く身分にあるからこそ、二人の間に生まれる絶妙な距離感が、より良き関係にしてくれるように思います。「結婚にこだわらない考え」こそが、本当の意味での「人生のパートナー」としての心のあり方なのではないでしょうか。

わたしは、結婚に束縛されず、自由な心で生きています。今のわたしには、これがいちばんわたしらしい後悔しない道のようです。フランスの男女関係を知って以来、わたしは自由な人生をセレクトしています。結婚、仕事、出産と、人生の大きな節目こそ、枠に縛られず、世間体や周りに流されず、「自分の生きる道」を決断していくことが大切なのではないでしょうか。

彼女の胃袋をつかむのは彼

窓の外はまだ薄暗く、吐息が白くなるパリの早朝。夢の中で「トン、トン、トン」と包丁でまな板を叩く音が聞こえてきました。子どもの頃、母が早朝、台所で包丁を使っていた姿を思い起こしました。目が覚めると、ここはパリ。耳をすますと、実際に台所から聞こえてくる音です。わたしは畳の上に敷いた布団から飛び起きて、現実に戻り仕事の支度をはじめました。日本からも、パリのメーカーからもメールがどっさり。パソコンの前でその作業に夢中になっていたら、「豆乳は、温めていいですか?」と、草鞋を履いたフランス人のパートナー、トリスタンが年季の入ったエプロンを腰に巻き、わたしの部屋にやってきました。

「ありがとう。豆乳お願いします」

朝の食事の支度もふくめ、あれやこれやと機敏に家事をしてくれる男性は、働く女性にとって本当にありがたいものです。事実、フランスには日本の昭和時代のような「MACHO《マッチョ》」(亭主関白)な男性は少ないのです。フランスでは、ほとんどの女性が外で働いていますから、双方が協力し合うことは珍しいことではありません。
わたしには、夢中になってしまうほど好きな仕事があります。食事を作ることさえも忘れ、一日一食になるような日も多々あるほど。食べる時間があれば、美容のためにも寝ることの方が優先。食べれば太るけれど、寝れば若返る。

とはいっても、食は生活において切っても切れないものです。主婦のようにお料理を作ってくれる男性が存在することは、働く女性にとって嬉しいことは事実。とはいえ、料理を作りたくなるように、家事をしたい気持ちになるように、褒めて、褒めて、男性を教育するのも、女性のテクニックだとわたしは思っています。それは世界共通です。

わたしが渡仏した1995年当時、すでにフランスでは夫婦共働きが当たり前でした。だから、仕事から早く帰ったどちらかが、率先して夕食を作ることが日常でした。
どこにでも飛んでいってしまう蝶のようなわたしに、食事という美味しい花の「蜜」を作ってくれていたのは、いつの時代も彼氏でした。「胃袋をつかまれた旦那は、必ず家に帰ってくる」。日本にはそんなフレーズがあります。胃袋をつかまれたのは、まさにわたし自身でした！

とはいっても、わたしも、「Kaori流！　和の食卓」を準備して、自宅にフランス人の友だちを招いてパーティーをすることもあります。最近は、夏になると野菜と日本の珍味いっぱいのざるうどんパーティーが好評です。

わたしは学生でもなければ、かかあ天下のような日本人女子でもない。料理ができないわけでもない。それでも、料理を作る主夫になってくれる彼には、「Merci《メルシー》 pour《プール》 un《アン》 bon《ボン》 repas《ルパ》!」（おいしい食事をありがとう！）そして、必ず食べる前に、日本語で「いただきます」

「C'est《セ》 prêt《プレ》! à《ア》 table《ターブル》!」（準備できたよ！　ごはんだよ！）

と感謝の手を合わせることを習慣にしています。

夕食の食卓には、鰹出汁から採ったワカメと豆腐が入ったお味噌汁、圧力鍋で炊くほっかほかの玄米ごはんに、数点のおかずが並びます。食後には、彼が炒ったほうじ茶を鉄瓶に入れ、注いでサーブします。

彼にはフランス人なのに、和食にこだわる理由がありました。ある日本人に興味をもって、陰陽のバランスから成り立つ食を勉強したのがきっかけでした。

その日本人とは、世界じゅうで自然食ブームを巻き起こしたマクロビオティックの創始者、桜沢如一氏（1893-1966）。フランスで素晴らしい活躍をされた方です。そして、アメリカで活躍した久司《くし》道夫氏（1926-2014）。二人は、マクロビ健康食生活に一生を捧げました。

そんな彼らに影響を受けた、マクロビに対するトリスタンのストイックぶりが、いつしか日本まで知れ渡って、「玄米ご飯を食べる珍しいフランス人」として、日本のテレビ局が一日ドキュメンタリーの取材にパリの彼の自宅を訪れたことがありました。

わたし自身も30歳のときに、マクロビオティックの勉強で大阪の学校で合宿をしていました。それ以来今に至るまで、何十年も毎日のように圧力鍋で玄米ご飯を炊いています。そんなこともあり、玄米ご飯と味噌汁は、日本にいても、フランスにいても、食べているわけです。

胃袋さえ安定していれば、不思議なことに、日仏を行き来しても、自覚するほどの疲れが出ないことを確信しています。わたしは30代の頃のほうが、今よりもずっと疲れやすい身体でした。羽田空港に到着するやいなや、「最高に疲れて死にそう。名古屋まであと一踏ん張り」と、Angelの店長ゆかさんに帰国報告の電話をしていたほど。

ここは、フランス？　日本？　どちらにいても、何の変わりもなく思えるのは、わたしの胃袋をつかんだ主夫のようなフランス人、トリスタンのおかげなのです。

今や日本でも共働きは日常になり、20代、30代の方は、夫婦協力して炊事洗濯、子どもの世話をして、フランス人のような生活スタイルに移行しています。働く女性の時代になって、「男だから、何もしない」「家事は、女の仕事」といった考え方はもう終わりに近づいています。

「今や、男性が働く女性の胃袋をつかむ時代！」

でも、そのためには、女性はいつもエレガントで、美しくあることが必要です。外でバリバリに働くフランスマダムたちは、たとえ子どもができても、家族が増えても、80歳になっても「女であることを決して忘れない」。

だからこそ、彼がそばにいる彼女を見る目も、思う気持ちも、優しくなれるのかもしれません。

家族はどんな形があってもいい

フランスのクリスマスは、一年の行事のなかでも大切な家族が集まるビッグイベントです。大人になっても、ワクワクさせてくれるクリスマスプレゼント交換の楽しさは、また格別！　わたしも、この季節になるとまるで日本でのお歳暮のように、お世話になったフランスの家族へのプレゼントに投資します。人生にこんな楽しみがあるなんて嬉しいもの！　日本では、お正月のおせち料理を振る舞い、家族団欒で食卓を囲む文化ですね。わたしは、フランスと日本の両方に家族があるようなものなので、フランスのクリスマスと、日本のお正月の両方を享受しています。といっても、クリスマスそのもののイベントよりも、わたしには、何より順応しなければならない特別な家族構成がありました。

今年も、クリスマスが近づくにつれ、フランスじゅうに住む家族や親戚がパリのアパルトマンにあちこちから集まりました。まさに家族全員集合。ここまでは日本でのお正月の帰省と変わらないのですが……。

「Kaori, ご機嫌いかがですか？　お久しぶりね」

熱いビズを交わしたのは、わたしの尊敬するマダムイネス。首元に赤いスカーフを巻き付け、ふんわりセットされたグレイヘアーがとっても上品でシックな彼女は、トリスタンの元パートナーです。彼女はクリスマスの準備のため、わたしとトリスタン、その娘エミリーが暮らす家に、前日から泊まり込みでやってきました。

イネスはエミリーのママでもありますが、長年連れそう現在のパートナーの彼と一緒です。

そして、エミリーの夫は、クリスマスの時期になると、ポルトガルからやってくる元妻の子どもたちを受け入れて、２週間ほどここで一緒に過ごすのです。

日本の一般的な家族構成しか知らなかったわたしは、最初は、びっくりするどころか感心させられることばかりでした。

「へえ。なるほど！　すごい！」。こんな刺激のある家族関係。

なぜなら、日本ではこんな複雑すぎる家族は、決してなかったからです。こんな環境のなかでの生活は、日本人であるわたしにとって、やっぱり最初は気を遣うことがいっぱいでした。

そんななか、住めば都となり、わたしもそんな彼らとともに生活しながら、「なんて、おもしろい人生。楽しい！　寛大な家族」と思えるようになりました。そして、いつの間にかこの時期になると、イネス、エミリー、トリスタンの親子3人と一緒にキッチンに立ち、手分けしてクリスマスの準備をするようになりました。エミリーが、海外出張に出かけるときには、わたしの義理の孫？ともいえる4歳と、9歳の小さな天使ちゃんを目の前に夕食をいただきます。

そんなある日のディナー中に、「エミリーがいない間、Kaoriがわたしのマモン（おかあさん）になってくれる？」と、かわいい天使ちゃんが呟きました。

まあ、なんて愛おしいのでしょう！　わたしはマミー（おばあちゃん）でなく、嬉しいことに「マモン」だったのですから。

結婚して、夫婦が別れ、そのせいで子どもたちとの生活スタイルが変わっても、このように最終的には、すべてを柔軟に受容できる彼らの姿勢は、とても素晴らしいなあと尊敬しています。

別離が原因で相手を恨むより、すべてを受け入れて、お互いに認め合って自由に生きていったほうが人生は軽やかに感じられるもの。わたしは、イネスとトリスタンが二人で台所に立つ姿を見て、とても微笑ましく思ったのです。

別れたそれぞれが新たなパートナーを連れて「家族」として人生を楽しむスタイル。素敵だと思いませんか？　「元妻」「元旦那」「○○番目のママの子ども」など……そんな家族の肩書きなんて、必要ないのです。今、目の前にいる人が、血族であろうとなかろうと、家族として、人生の心地よい時間をただただ共有できればいい。

そんな家族のあり方は、わたしにとってとても刺激的だったのです。そこに、大きなあたたかい「人間愛」を感じました。「今」の目の前の状況を忠実に受け入れ、それぞれの生き方を尊重し合って人生を楽しむ。こんな「人間愛」のある家族のあり方は、まだまだ日本には馴染みがないですが、日本の少子化を解消するためにも、これからの新しい時代に向けてのスタイルとして必要なのではないでしょうか。

«Vivre《ヴィーヴル》, c'est《セ》 apprendre《アプラーンドル》 à《ア》 aimer《エメ》.»　Abbé Pierre（アベ・ピエール）

生きる、それは愛するを学ぶこと。

V　ナチュラルこそが美しい

顔よりボディーメイク

パリから帰国すると、羽田空港から京浜急行に乗って品川駅までの道すがら、会社帰りのラッシュアワーで日本人の最近のファッションを目の当たりにします。上から下まで綺麗に着こなしている日本人女性はとても多いし、最近は、ヘアケアだって、メイクだって完璧です。だけど、どこかしらフランス人と美しさが違うのは、なぜでしょうか？

それはひと言で言うと、「鍛えられたボディー」と、「美しい姿勢」です。

彼女たちは、見た目の顔の美しさよりも、服の下に隠されたボディーラインを含め、全体をいかに美しく見せるかということに気を遣います。背筋と、インナーマッスルのバランスがとれたピシッとした姿勢で、大股で颯爽と歩く。パリの街でヒールを履いて、背中や膝を曲げながら歩いている人は、ひとりもいません。80歳過ぎたマダムだって、いつも背筋を伸ばし、健康的なボディーで自由におしゃれを楽しんでいます。

「Bonsoir《ボンソワール》 Kaori!　やっと着いたわ」

パリ11区のバスティーユから自転車で約1時間近く。8区のわたしの住むアパルトマンまで、突然の大雨にもかかわらず、ディナーのために自転車で駆けつけてくれたルティシア。ヘルメットにブーツ姿、全身びしょびしょに濡れての到着でした。元エールフランスのキャビンアテンダントだった彼女は、還暦とは思えない、若いマドモアゼルも憧れるほどの美しいボディーラインの持ち主。ふくらはぎがキュンと盛り上がって、スラっとしたカモシカのような脚。そんな彼女の美の秘訣を探ってみたくて、以前こんな質問をしたことがあります。

「ルティシア、あなたはスポーツジムにでも通ってるの?」

「わたしはスポーツジムなんて一度も行ったこともないし、お金はかけない主義なの。わたしがボディーメイクのために気を付けていることは、乗り物に乗らないようにしてること。どこまでも歩くし、この自転車ひとつでパリじゅうどこでも行くわよ!」

そんな彼女の刺激的な話を聞いて以来、私も彼女を見習って、パリではできるだけ地下鉄を使わず、目的地までとにかくどこまでも歩くように心がけてます。

まさに、毎日の日常がスポーツジム!

帰国すると車生活になるわたしにとって、唯一、パリで仕事をしている期間が、ヒップアップや足腰の筋肉を鍛える絶好のチャンスとなっています。

パリのアパルトマンから仕事先まで、40分の道のりをわたしも彼女と同じように7センチのヒール付きブーツで往復しています。ヒールがふくらはぎを作ってくれるし、ヒップアップにも効果的です。そして、大腿筋も育ちます。筋肉は死ぬまで育つといいますから、ヒップを意識しながら、お尻をしめて、パリマダムたちが歩く速度に合わせて、大股で早歩きします。これを1か月間、毎日続けるだけで帰国するときには、ヒップが締まって良い感じに仕上がっています。

フランスの夏には、一か月という長いヴァカンスがあります。ビーチでビキニ姿になる期間も長いせいか、マダムたちはボディーのお手入れを怠りません。ビキニ姿を美しく見せるために、筋肉のバランスがとれたボディーメイクの努力を惜しまないのです。日本人女性は、ボディーメイクよりも顔の肌の美しさ、リフティング、メイクに投資し、時間をかけます。

大切なことは、何よりもベースとなる肉体を鍛え、健康的で美しくあることだと思います。服を着る前に、普段隠れて見えないファッションのベースとなるマイボディーを観察してみることも大切です。

あなたはボディーメイクされた筋肉がほどよくついていますか？

背筋はピンと伸びていますか？

電車の中でのふとした立ち姿にも気をつけて。

ファッションの美しさも、見た目の印象も、土台となるあなたのボディーですべてが決まります。

ナチュラルこそが美しい

フランスのヴァカンスは、完全に仕事を忘れてリラックスするための一か月。多くのフランス人は、太陽のエナジーを求めて、地中海をめざし南フランスへ南下します。

水着姿になって紫外線を浴びるなんて、わたしの人生にはもう二度とない。そう思っていた水着をすべて捨て、海を卒業したのはわたしが25歳のときでした。なぜなら「日焼けは100％老化の原因になる」と信じていたから。そんなわたしが、なんと40代半ばを過ぎて、ビキニ・デビューしたのです。

それ以来、毎年のようにフランスでのヴァカンスとなれば、ビキニ姿で過ごすようになっています。日中は、裏表とコロコロと体をひっくり返しては焼き、まんべんなく美しいブロンズカラーをめざして。フランスでは開放的なトップレスになるマダムも日常です。日本では美白を良しとしてきましたが、白肌が決して美しいわけではないこと、太陽の恵みであるビタミンDを吸収したブロンズカラーこそ健康の証であることをフランス人に学びました。

もちろん、日焼け後のお肌や髪のケアーはとても大切にします。

若者から80代のマダムまで、年齢にかかわらずビキニ姿になって、短い夏の太陽を燦々と浴びて、思いっきりヴァカンスを楽しむ。こんな過ごし方って、魅力的だと思いませんか？　リゾートに行って、ショッピングばかり楽しんでお金を消費するのはナンセンス。それよりも、彼女たちは大自然を楽しんでエナジーを補給することに夢中になるのです。

そして、何といっても、ビーチでの時間が長い彼女たちにとって、ビキニ姿は大切なおしゃれファッションのひとつ。彼女たちの海でのおしゃれ探求も、今やわたしにとって楽しみのひとつになっています。

「Bonjour《ボンジュール》!　Kaori！　Comment《コマン》 ca-va?《サバ》」（おはよう。ご機嫌いかが？）

眩しい朝陽をバックに沖から泳いで帰ってくるファビエンヌ。滴る上品なビキニ姿でわたしの方に向かって歩いてくる。彼女の歩き方は、まるであのパリの女優で歌手でもあるセクシーなブリジット・バルドーのよう。早朝7時には浜辺でヨガ、その後は沖まで泳いでエクササイズ。とても70代とは思えない、眩しいほど鍛えられた筋肉とバランスの整ったナイスボディー。フューシャピンクのビキニに映えるブロンズ肌は、いやらしくなく健康的に見えるから本当に素敵です。それはまさに重力に逆らわず、今の自分を受け入れた姿。おっぱいだって、大きく見せたり持ち上げたりしているわけではなく、あるがままのナチュラルなかたちだから美しいのです。

ない胸をわざわざ持ち上げて谷間を作るようなブラジャーや、ヒップアップする窮屈なガードルは不要。偽りの自分を作るではなく、加齢に逆らうことなく、年齢とともに変わりゆく姿を受け入れながら、今の自分にふさわしい美貌を生み出し表現しています。だから、ビキニもランジェリーも、体を締め付けないモノを好みますし、人生も自由で、伸び伸び解放的！　それは、彼女たちの「縛られない生き方」と同じなのです。

ある日、わたしもそろそろ年頃だからヒップが下がらないように、ガードルが欲しくてパリのランジェリー屋さんに立ち寄ったときのこと。「あなたはお肉なんてないんだから、ガードルなんて履く必要はないですよ！」と、店員さんにお断りされました。

必要ないものを無闇に販売しない姿勢にも感動しましたけれど、何よりフランス人がそんな鎧もどきのランジェリーなんて付けていないことに驚かされたのでした。50歳にもなれば何もエクササイズしなければ、胸もお尻も下がって、お腹も出てくるのは当たり前。

そう！　彼女たちは、日本では当たり前になっているランジェリーなどの補正の力に頼らず、自らのエクササイズでボディーメイクをしているのです。

「ナチュラルこそが美しい」をモットーに、マダムたちはなんと、人生もボディーもいつもフリー！　解放されていたのでした。

薬でなくハーブで治す

フランスでは、風邪をひいて高熱だからといって、すぐに病院で診察を受けることができません。まずは予約が必要です。コンタクトをとって、予約が取れるのは1週間後ということも珍しくありません。そうなると病院にばかり頼っていられません。自ら治療しなければならないわけです。

そもそもフランス人は、ハーブを煎じて飲んだり、料理に使ったりと、日常生活にハーブが欠かせません。自然療法のひとつとして、ハーブで病を緩和させたり予防したりする習慣があるので、少々の風邪や喉の痛み、怪我などで病院にいくことはありません。日本でもかつては、アロエやよもぎなどの植物で治すおばあちゃんの知恵がありました。

フランスには、広大なハーブ産地が南仏プロヴァンスにありますし、日本の漢方薬局の代わりのようなハーブ薬局というものがあります。漢方のように高額ではなく、お店の扉を開けるとそこには、南仏プロヴァンスで採取されるラベンダー、ローズマリー、タイムなど数えきれないほどのハーブやエッセシャルオイルが棚に並び、薬剤師が一人ひとり相談にのってくれ、症状に合わせてハーブを調合してくれます。パリ1区にあるHerboristerie《エルボリストリ》は、いつも行列を作っているほど歴史あるハーブ薬局で、長年わたしも通っています。

中世の時代、美の王妃、おしゃれにも抜け目のなかったマリーアントワネットは、ベルサイユ宮殿の庭園に何百種類ものハーブを栽培していたという有名な話もあります。まさに、病の緩和や治療に使用していた彼女は、植物に人生を捧げた本物の美しさの根本を知る王妃だったのでしょう。

医者任せにせず、「植物の力」を借りて自らマイボディーを治す習慣は、本当に素晴らしいと思います。

実際にわたしは、旅が多いのですぐに病院に行けないわけですから、困ったときは、ちょっとしたお助け天然薬として、ハーブやエッセンシャルオイルを使って自分なりに治療しています。フランス出張の際の機内でも、炎症を抑えるタイムやローズマリーのエッセンシャルオイルは常に持参。ちょっと喉の調子がおかしいかなと思ったら、機内でお湯だけいただいてハーブティーで予防します。日本にいるときは、それに生姜やレモンを混ぜて飲んでいます。喉の調子は見事に緩和されます。だからやめられません。

ティートリーのエッシャルオイルは、抗菌効果もあるので、風邪の予防にもなりますし、免疫力も高めてくれます。ちょっとした切り傷にも効果的です。旅に出かけるときには、女性ホルモンのバランスに効果的なゼラニウムなど5種のエッセシャルオイルを持ち歩いています。なるべく薬に頼らないフランス人たちの治療法に感銘を受けて、15年前からわたしも健康維持のために、ナチュラル療法を取り入れるようになりました。こんなちょっとしたケアを知っておくだけでも、いざという時にとても役に立ちます。

笑顔は美人の証

あなたは、口角を上げてきれいな笑顔をつくることができますか？

「彼女は、本当にいつもGrand sourire《グラン　スリール》（満面の笑顔）だね」。フランス人男性の間で、一人の女性の素敵な話を耳にしたことがあります。直訳すると「大きな笑顔」ですが、そこには人を幸せにする素敵な笑顔、そんなニュアンスもあります。「素敵な笑顔」は、世界じゅうの誰にとっても魅力的です。それは最高の褒め言葉でもあり、素直にきれいな笑顔をつくれることは、何よりも「美人の証」です。

まだ夏のなごりを感じる9月はじめ、パリ18区のマルシェへ出かけたところ、全身こんがりと日焼けしたセクシーなマダムが、素足に真っ白いコットンワンピースを品よく着こなし、大きな籠をさげて買い物をしていました。アーモンド色に焼けた肌とのコントラストで、より美しく見える真っ白い歯を剥き出した彼女の笑顔は、ひときわオーラを放ちマルシェのムッシュたちを虜にしていたのです。彼女はとくにスタイルが良いわけでも、顔が整った美人でもありませんでした。でも、笑顔は太陽のようにまぶしく明るかったのです。その光景を見ていたわたしは、「マダムのセクシーに魅せる日焼けした肌と、笑顔のパワーってほんとにすごい！」と思ったのです。

わたしが、フランスに帰ってきてホッとすることは、何より周りの誰もが最高の笑顔で迎えてくれることです。旅の疲れも、仕事や人生の不安も、笑顔いっぱいの人たちに包まれていれば、すべてふっ飛んでしまう。やっぱり、笑顔は最強の癒しなのです。どんなことが起きてもいつも笑顔でいるだけで、幸運が舞い降りてくるから！

「笑う門には福来たる」

日本には、こんな諺がありますが、まったくその通りだと思います。

フランス人の健康管理といえば、高額な人間ドックにいくよりも、歯医者を優先するほど歯を大切にします。そもそも歯並びは、子どもの頃から矯正するのが習慣のようで、まさに笑顔の美しさを重視しているようにも思います。

正直なところ若い頃は、肌も、目鼻立ちもきれいで美しく、周りにチヤホヤされてきた女性も、50歳も過ぎてくれば、シワやたるみ、白髪も増えて、人類みんな横並びになるものです。そんなときに、内面から滲み出る笑顔こそが美しさの武器になってきます。素敵な笑顔とは、堂々と歯を剥き出しにして、シワができることなんてかまわずに、思いっきり笑えることとです。

フランス人は、レストランでの食事中には、ボソボソと小声で上品に会話をします。日本のような宴会の文化がないため、食事中に大声で話したり、甲高く笑ったりすることは、礼儀正しいとみなされません。「素敵な笑顔」は、世界じゅうの誰にとっても最高の祝福です。ですが「大声」で笑うことは、この国では上品とみなされないようです。

もし、あなたが美しい笑顔をうまくつくれなくても、これは練習すればできるようになるもの。まだまだ、これからが人生の本番です。朝を起きて顔を洗ったり、寝る前に歯を磨いたりするときに、鏡の中の自分と向き合って笑顔をつくることを習慣にしてみましょう。ひとりで笑顔をつくるなんて奇妙に思うかもしれませんが、わたしもこれをしてきました。

真から美しくあるための秘訣、自分も、周りも、平和にできるのは、やっぱりあなたの「輝く笑顔」だから。

心のあるがままに

行ってみたい土地や、住んでみたいなと思う場所、思い切ってやってみたい新しいことに、あなたは自分を条件で縛らず、トライできていますか？　目の前の今に向かって、自由に心のあるがままに突き進んでいく。そんなときって、心がワクワク、ドキドキ、あなたの目も爛々と輝いているはずです。

勇気をもって覚悟を決めて、真っ白な銀世界を滑り抜けていく爽快なスキーのように、人生の未知なる世界は、いつもスリル満点です。新しいことにチャレンジしていく人の姿は、いくつになっても美しく、若々しく、魅力的です。何かに真っしぐらになっているときは、ホルモンも活性化し、体中をめぐる血液がすべて入れ替わって生まれ変わるような気分！　これこそ、まさに「心のアンチエイジング」だとわたしは思っています。

目の前のめざすものに没頭しているときは、瞑想しているときと同じように集中力が高まって、まるで時間が止まったように感じます。これが続くと、心は老いていくことも忘れ、若さをキープできているような感覚に導かれます。そうはいってもわたし自身、年齢とともに白髪も、シワも、増えました。いつか、体力の限界はくるかもしれないと思いながらも、日本とフランスとの往復生活を続けています。

日本人は、本当に好奇心旺盛ですごいなと思うことがあります。それは趣味のように資格をとること。名刺をいただくと、肩書きがずらりと並んでいるのには驚きます。好きな分野を学び、その資格をとることに興味のある人が多いことは、断然フランス人よりも勝っています。勤勉で学ぶことが好きな日本人をわたしは本当に尊敬できます。

勉学よりも遊び好きなわたしでさえ、フランスワインに魅了され、学生以来の受験勉強をし、2001年にワインエキスパートの資格を取得しました。

わたしの場合は、そうさせたわけがありました。パリからの帰りの機内で、奇遇にも日本にワインをもたらした第一人者ともいわれる田崎真也さんが、わたしの隣の席にいらっしゃったのです。ご縁というものは、はたまたすごいなと思うのですが、「本当にワインの勉強にご興味があるのであれば、学校に通って勉強されてみてはどうですか?」と……。

機内での直々の田崎さんの助言に惹かれ、これもご縁ということで、翌月から自分の仕事の忙しさも忘れ、大好きだったワインについて学ぶことができる東京・虎ノ門にある、田崎真也ワインスクールへ通い続けました。そして、毎月のように、パリ↓虎ノ門↓名古屋の往復生活を続けました。それ以来、分厚いワインリストが不思議と日本の蕎麦屋のメニューを見ているように、スラスラと理解できるようになったのは事実！　こんなふうに、ふとしたきっかけで好奇心を奮い立たせてくれることだってあるのです。

無邪気だった子どもの頃のように、あなたをワクワクさせてくれることがあるのなら、「思い立ったが吉日」でやるべきだと思います。目の前にやりたいことがあるのは、素晴らしいことです。周りのいろいろな条件に縛られすぎて、動けない人生なんてもったいないと思いませんか。「今」という時間は、「今」しかありません。そこには、年齢の壁なんてないわけですから。本当に体が鈍くなって足も動かないおばあちゃまになれば、やむをえなく、人生に挑戦することも次第にできなくなります。そう思うと、足の動くうちはまだまだ何でもチャレンジしていきましょう。それが、あなたの社会に対する貢献だったりもします。

思うがままにチャレンジすることこそが、「心のコラーゲン」をたくさん生成してくれるのです。まさに年齢を忘れることができる好奇心は、アンチエイジングの最高の栄養素だと思います。

パワーの源！　パリのおにぎり屋さん

パリは、異国のいろいろな食文化を楽しめる街です。とくに和食は、２０１３年12月に、ユネスコ無形文化遺産に登録され脚光を浴びています。

近年、パリのラーメン屋さんやうどん屋さんは、行列ができるほどブームになっています。わたしはずいぶん前から、フランス人が普通に「箸」を美しく使いこなす姿を、いつも感心しながら見てきました。「箸」を巧みに使いこなす彼らの食生活に、それだけ日本食が根付いていることがうかがえます。

醤油や味噌、昆布だしのベースを大切にする、日本人の健康的な食生活のあり方や、素材の芸術的な彩りは、美食の国フランスでありながらも、彼らにとってまた格別です。わたし自身も、パリで長く生活すればするほど、フランス料理とはちょっと違う日本料理の美意識の高さを感じています。

午前の仕事を終えたパリのランチタイム、２区のRue des Petits Champs《リュ デ プティ シャン》で、長い列をつくるお店を見つけました。そこは、なんと日本のお米でつくる「おにぎり屋さん」だったのです。その名も可愛らしい「OMUSUBI GONBEI」。

「まあ、嬉しい！」。仕事の合間にランチを食べ逃していたわたしは、さっそく並んで買ってみることにしました。ガラス越しのショーケースには、梅、ひじき、しゃけ、じゃこ……。2ユーロ台という他店に比べてお値打ち感のある、10種類以上の玄米と白米のおにぎりがきれいに並んでいました。

パリのブーランジェリーで、フランス人が行列をつくってバゲットを買う姿は、昔から当たり前に見てきましたが、ついにおにぎりまでも並んで買うという時代の変化には、ビックリさせられます。「日本人が、がんばってる！ みんな日本食のヘルシーさをわかっている！ 美味しいと思ってくれてる！」。そう思うだけで、嬉しくなります。

パリのスーパーに行っても、今や世界のお米がいろいろと販売されています。そんななか、日本のクオリティーの高いお米のおにぎりをセレクトするということは、ひとときのブームとはいえ、彼らの食に対する審美眼を感じます。

わたしの胃も満腹に満たされたところで、オペラ座の方向へ歩きました。そして、久しぶりに「KIOKO（京子）」という日本食材を売っている老舗のスーパーに立ち寄ってみました。ここは、はじめてパリに来た頃、日本食が恋しくてエネルギーダウンを感じたときに、わたしの胃袋の「健康お助けスーパー」として駆け込んでいたところです。そんな時代に比べると、今はずいぶんと規模が大きくなり、品数もかなり増え、このパリの地で、ごぼう、蓮根、生ワサビから、信州そばや冷凍大福まで、満足する食材を購入できるようになりました。

炊飯器やお米、お気に入りの味噌など、安心な材料を、わざわざ日本からパリまで持っていったあの時代は、遠い昔です。

店内に外国人を見かけないほど閑散としていたのに、今は、2階につながる階段まで会計を待つフランス人が行列を作っています。日本食の栄養価やすばらしさが理解され、フランス家庭料理まで、日本の風が感じられるようになったというわけです。日本の食材には、まさに「生きるパワー」が宿っています。おばあちゃんの時代から受け継がれている、日本人の大切な「食の原点」でもあります。

わたしは、パリのファッションの虜になったけれど、フランス料理の虜にもなった。そして、ワインまで勉強したほどのこだわりでした。フランスのありとあらゆるものに虜になったけれど、これだけは外せない！という日本のものがありました。

それは、どんなサプリよりも何よりも、自分の体内からのエネルギーをつくるために必要だった、「日本のお米」です。わたしは、いつもこれさえ食べていれば、なぜかとても元気！　日本人が、日本人らしくあるためにも、お米は必要不可欠だと思っています。

「毎日の食べるものが、人間の健康な『体』を作り、健全な『心』をつくる」

日本の伝統食をベースとした食事療法の教え＝「マクロビオティック」が、日本よりも、世界のどこよりもいち早く伝えられたのは、フランスのパリでした。

「ジョージ・オーサワ」の名で知られていたマクロビの創始者、桜沢如一氏が、１９２９年にパリに渡ったのがきっかけでした。今もパリには、マクロビオティックのお店やレストランがいろいろあります。そして彼の本は、いまだパリのお店で販売されていました。

第二次世界大戦以前から、遠い海を超えて、もうすでに日本の食文化や思想が、こうしてパリの地に伝えられていたのです。こんな素晴らしい先駆者の存在を、同じ日本人としてとても誇りに思います。

そう！　わたしは、日本にいるときも、フランスにいるときも、パワーの源である大好きな「お米」を欠かさないのです。

30年前のロマンのパリ

パリの街角から聞こえてくるアコーディオンの音色。それこそが、パリの華やかで優雅な景色とマッチングしてロマンの雰囲気を醸し出していました。あれから30年経った今、それはもう消えつつあるパリの景色となっています。

パリに来たばかりの1995年頃のこと。メトロに乗れば、アコーディオンおじさんが懐かしいシャンソンを奏でてくれる。シャトレの駅の乗り換え連絡通路では、総勢8人くらいのお兄さんたちがバイオリンやコントラバスを巧みに操り、コンサート並みのモーツァルトが楽しめる。サンジェルマンデュプレ教会の裏では、オペラを熱唱するマダム。ポンピドゥーの前では、手品とともにスペクタクルを披露する大道芸人も。カフェのテラスでアペロタイムともなれば、気のおけない仲間がワイングラスを傾けるなか、どこからかやってきたおじさんが目の前でサックス演奏をはじめる。そして、心豊かになる観衆たちは、チップをはずむ！

こんなにも楽しませてくれるパリの文化がとても魅力的で、わたしは仕事中に、そんな無料エンターテインメントがあれば立ち止まっては、音を奏でるロマンチックなパリの色に染まっていました。まさに毎日こんなショーを楽しめるワンダーランドの街でした。

そして、カフェやレストランでは、わたしの隣に座るエレガントなハットを被るマダムも、葉巻をふかすムッシュたちもとても人懐っこく、誰もが気持ちのいいスマイルを交わしてくれました。「あなたのスカーフ、とってもきれいね」。そんなふとした会話から、全く見知らぬフランス人とカフェで2時間も話しこんだりすることも日常でした。わたしは、こんな思いがけない場所で、ウキウキしながらナチュラルな語学勉強をしていたようにも思います。

そして、お気に入りだったパリ6区のサンジェルマン大通りにある「Café《カフェ》 de《ド》 Flore《フロール》」に通い続けました。なぜなら、このカフェは、わたしの心のボルテージが最高にハイになるほど、絵に描いたようなファッショナブルでエレガントな常連客のマダムとムッシュが、引っ切りなしだったからです。

今は、世界の観光客の溜まり場となっていますが、そもそもこのカフェは１８８５年に創業されたパリのカフェ文化を象徴する歴史的カフェ。パリの文化人が常連として集まっていた場所でした。ピカソやダリ、サルトル、ボーヴォワール、コクトーなど、有名作家や画家、芸術家の溜まり場だったそう。わたし自身、ファッションデザイナーのイヴ・サンローランやソニア・リキエルに遭遇するほど、飛び抜けたおしゃれな常連ばかりだったのです。

わたしは当初、好奇心のあまりに、生意気にも定番のテラス席に座りワインをいただきながら、ここでファッションウォッチングすることを趣味としていました。

これこそ、わたしが本当に会いたかった究極のおしゃれなフランス人たちだったから。レトロな雰囲気を醸し出す店内を、優雅な仕草でテーブルからテーブルへと、手際よく渡り歩く姿のカフェ・ド・フロール人気のギャルソンの仕事ぶりを眺めるのも楽しかった。

カフェに出かけるのにこんなエレガントな装い？と思うほど、目が離せない素敵なフランス人にわたしは魅了されました。色褪せた膝丈のロングブーツに、毛皮を羽織りウエスタン調のハットを被るムッシュの姿。パンプスを欠かさないパリマダムたちの足元から気品を感じるエレガントさは、これまでの人生で出会ったことのないあまりにも洗練されたファッションでした。来店する常連たちのこんなファッションを見てもわかるように、ここはある意味カフェを味わうための「究極の社交場」でもあったのです。

20世紀に、わたしが見てきたそんな素晴らしいフランス人の「カフェ・ファッション」は、今も忘れず目に焼きついています。なぜならば、それはパソコンもスマホもなかった時代。唯一、わたしの目が時代のフィルムを残した頼りになるレンズだったから。スマホの写真よりも鮮明に心に残っています。

パリジェンヌがパリから消えた今

あのおしゃれな生粋のパリジェンヌたちが、パリから消えた？　30年前に比べると、日本もパリも同じようにおしゃれ人口がかなり減っています。「まあ、きれい！　素敵！　ついていきたい！」。街を歩けばそんなマダムやムッシュがわんさかいたのに、今やそれほど遭遇することがなくなったのです。どこに行ってしまったのでしょうか？

多くの俳優や歌手を生み出し、有名な映画の舞台にもなっているこの街の魅力は、フランスの歴史と文化が凝縮されているからでしょう。パリの景色がいまだ変わらず美しいのは、昔のままの姿を残した歴史的建造物がリニューアルを繰り返しながら現在も残っていること。セーヌ川越しに浮かぶエッフェル塔も、凱旋門も、すべて調和された優雅さが独特な情緒をかもしだしているから。

わたしは日本に帰国すると車生活がはじまり、気持ちが歩くのを拒むのに、なぜかパリではどれだけ歩いても疲れない。それは、歩いても歩いても美しすぎる景色ばかりだから！ そんな美しいパリを背景に、行き交うファッショナブルなフランス人の姿は、まさに映画のシーンそのものです。

パリの街は、そもそもエレガントで、おしゃれな生粋のパリジェンヌによってつくられています。「街は、そこに住む人たちによってつくられていくもの」といわれますが、まさにその通りだと思います。彼女たちの品の良いシックな装いこそが、ロマンのあるパリの街をつくりあげたといっても過言ではないはず。

最近はそんな美しいパリの街を行き交うのは、フランス人ばかりではなくなっています。その理由のひとつは、フランスはもっとも移民が多い国であるということ。パリの17区や18区の小学校では、黒人が80%も占めているクラスもあるそうです。フランスの最近のテレビコマーシャルを見ても、黒人の割合が圧倒的に増えました。

海外に植民地を多くもつフランスは、19世紀以降たくさんの移民を受け入れてきました。今はそれがピークを迎え、パリ市内にはアラブ人やアフリカ人たちが、自分たちのコミュニティーをきちんと築いてエリアをつくって生活しています。インドや中国のコミュニティーも広がっています。パリの街を歩けば、今やさまざまな異国を歩いた気持ちになれて、パリにいながらの異国人との新たな出会いも魅惑的です。異文化や宗教が融合して、多様性に富んだコスモポリタン的な新たな街がどんどん広がっているからです。

その反面、わたしにはパリ文化が少しずつ押されていているようにも見えています。30年前のパリの姿とはずいぶん変わり、純粋なフランス人が少なくなりました。フランス人が外国人や移民と結婚し家族を作り、それが30年かけて増えてきたわけですから、純粋なフランス人が減っていくのも当然なわけです。パリで生粋のフランス人に会うことが、今やとても珍しくなりました。

２０２０年からはじまったコロナ禍を期に、パリに住むフランス人の仕事のあり方も、生活習慣も、人生に対する考え方までも変わりました。フランス人の口癖「On《オン》 n'a《ナ》 qu'une《キュヌ》 seule《スール》 vie《ヴィ》.」（人生はたった一度きり。）という思いはさらに強くなったように思います。

なぜなら、パリマダムたちが、クリスマスやパーティーのお出かけ着にしていた煌めくスパンコールファッションは、もう、毎週末を楽しむための服へと転換。そして、わたしとともに仕事をしていた仲間は、南フランスやブルターニュ、フランスの田舎に引っ越してパリから離れる人が増えました。なかには、平日はパリで仕事、ウイークエンドは田舎で過ごす。そんなふうにパリと郊外を行き来しながら仕事する人も！

わたしの友だちのカトリーヌもその一人。憧れていた南スペインに引っ越し、パソコンひとつで仕事をはじめています。生粋のパリジェンヌだったマリーは、きっぱりとパリでの仕事をやめて、燦々とした太陽と緑いっぱいの南仏でシャンブルドットの経営をはじめています。パリを離れる理由のひとつに「パリからロマンが消えた」「愛が消えた」と言う人も……。

とはいえ、パリは、わたしたちにとってファンタジーの世界をプレゼントしてくれる、いつまでも夢の憧れの都市。こんな小さな街にフランスの歴史と文化、すべてが「Trésor《トレゾール》」（宝石）のようにぎっしりと凝縮されているわけですから、世界じゅうの誰もが虜になるのは納得です。

時代が変わっても、わたしはパリで仕事を続けていこうと思っています。

おわりに

年を重ねて、わたしは若いときよりプラスになったことがあります。

心が若くなった。
可能性が無限大になった。
もっと自由になった。
本当の自分が見えてきた。
小さなことにも幸せを感じるようになった。
今の自分がいちばん好きになった。

そうなのです。20代よりも30代。30代よりも40代。40代よりも50代、60代……という
ように、人生は若いときより、どんどん楽しいことばかりになっていくのです。
年をとるほどに、人は研磨され、ダイヤモンドのように輝いていく。年齢から解放さ

れて、自分らしく自由に生きることで輝くことができるのです。そして、わたしは、肩書きも何もない、飾らない「素の自分」を愛せるようになっていきました。

今思えば、福岡の田んぼで遊んでいた平凡な日本の女の子でした。給与の安定していた銀行員を思い切って辞めて、人生のアヴァンチュール、夢に描いていたパリで仕事をはじめました。名古屋にお店をつくって第二の故郷パリと行き来し、ついに、住んでみたかった南フランスの田舎へと引っ越しました。

「青春は、今しかない！」と思ってなんでも前向きに、「今、今、今」に没頭して生きていたら、いつの間にか夢がどんどん実現していったように思います。

チャレンジしてみようという「度胸」と、周りの良き「ご縁」のお陰で、わたしたちの思い描く夢は、叶っていくことを身に染みて感じています。

「いつか、本を書いてみたい」

そんなわたしの強い想いも、ご縁がご縁を呼び、こうして神様が叶えてくださったのです。

今回、ゆいぽおと編集長の山本直子さんとのご縁をくださったのは、毎日新聞記者の山田泰生さんでした。彼は、２０２２年にセレクトショップAngel《アンジェル》を経営するわたしのことを「モードの運び人」として記事にしてくださっています。サバサバした男気のあるわたしの気質もわかってくださって、ぴったりの山本さんをつなげてくださった彼のセンスには、心より感謝しています。

山本さんは、わたしが出張でフランスと日本を行き来するなか、パリの空港ラウンジにいても、南仏にいても、どこにいても、一編ずつ丁寧にメールでやりとりをしてくださいました。だからこそ、仕事をしながら、わたしは最後まで楽しく綴ることができたと思っています。そして、ほんわか愛らしいパリの風景を描いてくださったのは、イラストレーターの茶畑和也さん。「きっとKaoriさんに合うと思う」と、彼を繋いでくださったのは、山本さんでした。まさに本書は、フランス通の温かいチームワークでできあがった愛の結晶です。

そして、最後にもう一人、何より長い執筆期間中、わたしの分まで頑張ってくれた頼りになるビジネスパートナー、Angel店長の大塚由夏さんには、感謝の気持ちでいっぱいです。わたしの夢を、叶えてくださった皆さまに、心より感謝を申し上げます。

この本を読んでくださったあなたの街へ、Angelのポップアップで足を運ぶことができるようになれたらいいのになあ。そして、趣味の歌声で、「ありがとう」の想いを愛する皆さまに届けることができたら、わたしは最高に幸せです。それがわたしの次なる夢となりそうです。

自由に、ありのままに、
夢とロマンを持って、
好きに生きる。

そんなふうに、魂のあるがままに本音で毎日を生きていられたら、あなたも、いつだって笑顔で、最高のしあわせを感じられるはず。

これからのあなたの人生を応援し、幸運をお祈り申し上げます。

最後まで読んでくださって、どうもありがとうございました。

La《ラ》 vie《ヴィ》 est《エ》 belle《ベル》.

人生は美しい。

藤崎　香織

藤崎　香織（ふじさき　かおり）

福岡県出身。名古屋市在住。

昭和区・石川橋でセレクトショップ Angel「アンジェル」を経営。大手銀行員時代にスカウトされてモードの世界へ転職。

フランスと名古屋を行き来しながら、創業から一貫して商品を直接買い付けるスタイルで、日本の顧客へパリのエスプリとともにファッションを提案する。

1995 年　渡仏。有限会社アンジェルを設立。
年 6 回ほどパリに出張し、フランスやイタリアの約 20 のプチブランドを中心に季節商品を直接買い付ける。レザーなどのオリジナル商品のオーダーや、新規ブランドも常に開拓している。
顧客へのファッションコーディネートや、ブログ等の SNS 発信も行う。洋服だけにとどまらず、アクセサリーや化粧品なども独自開発し提案している。

2007 年　フランス最高峰の「ナチュールエプログレ」の資格をもつ南仏ハーブ石けん「サボニーエル」販売開始。

2012 年　オーガニックコスメ「フジスキン」を自社開発、販売開始。

2021 年　東京・表参道をベースに、神戸・芦屋、その他の地域でポップアップを開始。

2022 年　Angel オリジナルネームのブランドを立ち上げる。

装画・扉画　茶畑和也
装丁　三矢千穂

パリの小さな日本人　Une Petite japonaise á Paris

2025年4月6日　初版第1刷　発行

著　者　藤崎香織

発行者　ゆいぽおと
〒461-0001
名古屋市東区泉一丁目15-23
電話　052（955）8046
ファクシミリ　052（955）8047
https://www.yuiport.co.jp/

発行所　KTC中央出版
〒111-0051
東京都台東区蔵前二丁目14-14

印刷・製本　モリモト印刷株式会社

内容に関するお問い合わせ、ご注文などは、
すべて右記ゆいぽおとまでお願いします。
乱丁、落丁本はお取り替えいたします。

ISBN978-4-87758-568-6 C0095

ゆいぽおとでは、
ふつうの人が暮らしのなかで、
少し立ち止まって考えてみたくなることを大切にします。
テーマとなるのは、たとえば、いのち、自然、こども、歴史など。
長く読み継いでいってほしいこと、
いま残さなければ時代の谷間に消えていってしまうことを、
本というかたちをとおして読者に伝えていきます。